吐《はん》田《だ》家のレシピ

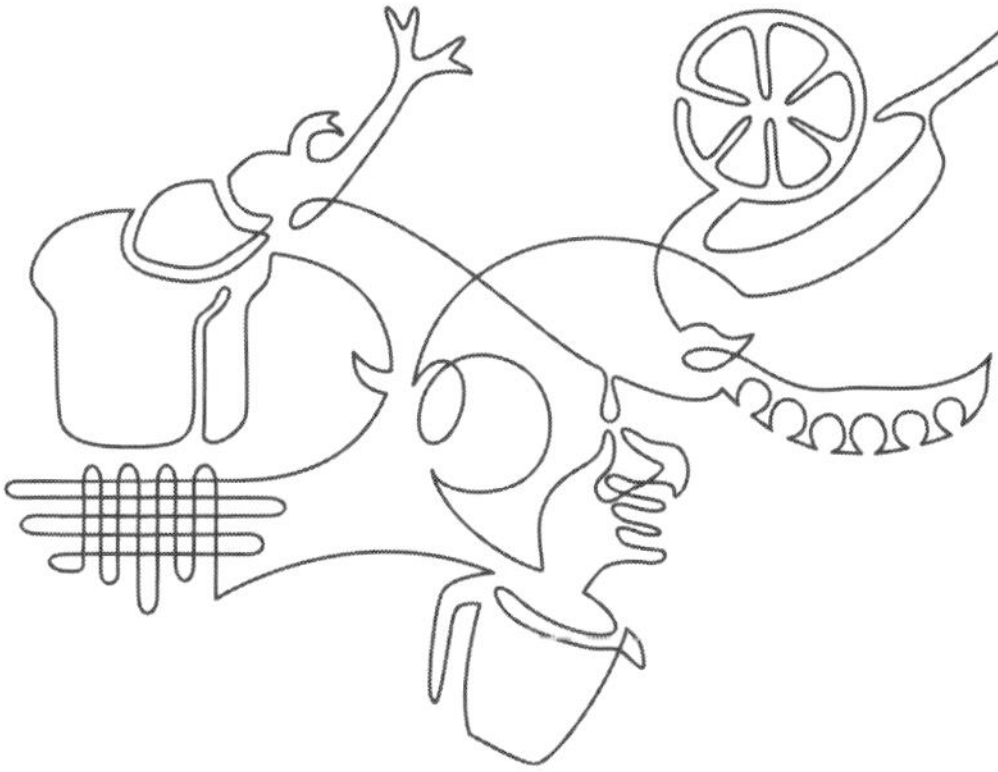

渡辺浩弐
Kozy Watanabe

星海社
SEIKAISHA

イラスト　木野鳥乎
装丁　鈴木陽々／川井ララ（ヨーヨーラランデーズ）
フォントディレクション　紺野慎一
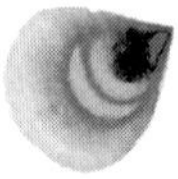
【本文使用書体】A-OTF A1明朝 Std Bold

目次

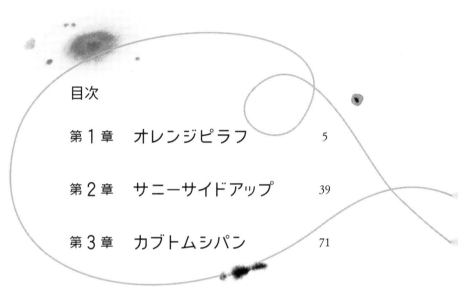

第1章　オレンジピラフ

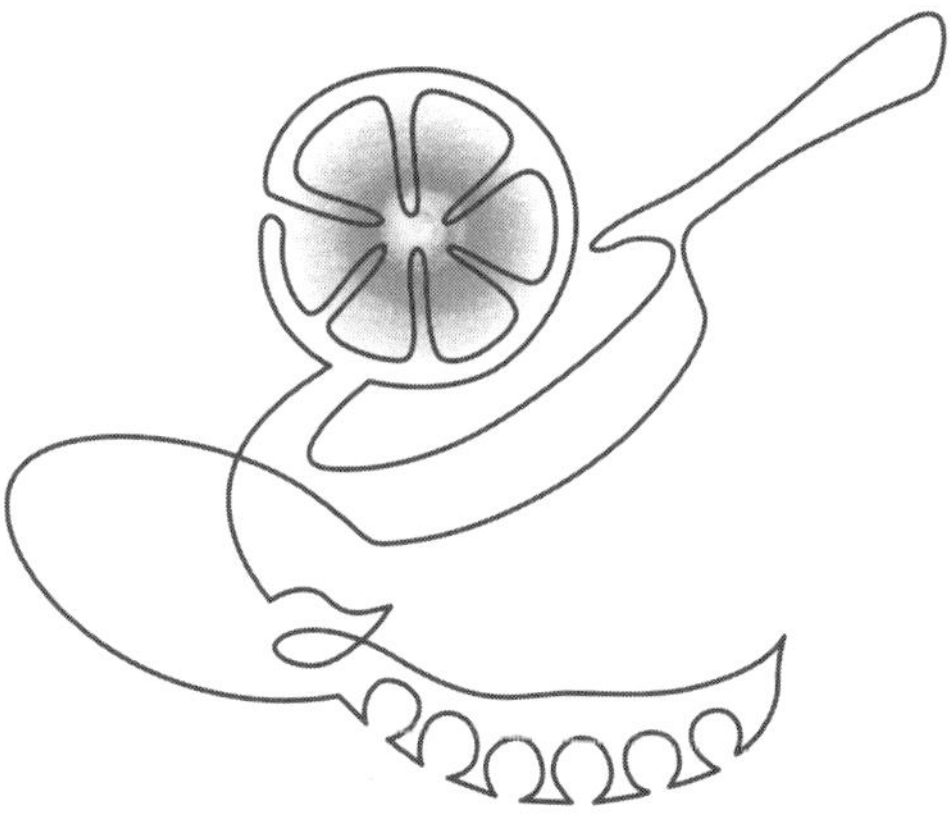

「うわっ」

吐田《はんだ》君が叫《さけ》んだ。

「この豆腐《とうふ》、なんか変……」

「お豆腐じゃないよ」

グミコはそれだけしか言ってくれなかった。吐田君はあきらめて、口の中のものをおそるおそる噛《か》みしめた。

「……チーズ？　かな」

「ブッブー」

「降参《こうさん》。教えてよ」

「アボカド」

夕食のおかずはたいていスーパーの総菜《そうざい》コーナーで、二人で議論しながら買う。ただしみそ汁の具についてはグミコが一人で選んで良いという決まりになっており、学校でも工作や実験の時間が好きなグミコはここでチャレンジ精神を発揮《はっき》していた。納豆、トマト、リンゴ、シューマイ、ソーセージ。大福をまるごと入れてみたこともあった。

「わたしはおいしいと思うけどなぁ、アボ汁。そんなにひどい？」

「いや……」

吐田君はぬるぬるしたかたまりを飲み下した。

「まずかったわけじゃなくて、ちょっとびっくりしただけ」

確かにアボカドとわかっていればそんなに変な味ではないかもしれない。豆腐だと思いこんでいたからとんでもなく妙な感じだったのだ。


みそ汁が青っぽく見えるのは替えたばかりの蛍光灯《けいこうとう》のせいだと思っていた。

みそ汁よりも、吐田君はグミコのことに気を取られていたのだ。その変なみそ汁をおいしそうにすすっているグミコが、なぜか、なんだか、別の人のように見えたのだ。角度のせいか、それともやはり、蛍光灯のせいか。

グミコがふいに顔を上げた。目が合った。「そういえば」吐田君はあわてて話題を変えた。

「何にする」

「何って何を？」

「プレゼント」

「プレゼントがどうしたって？」

思ったよりけわしい声になってしまっていて、言ってからグミコはちょっと後悔《こうかい》した。

吐田君は言葉が少なくて、自分の考えや気持ちを話すことはほとんどない。用事がある時でも、いきなり単語だけをぼそっと言ったりする。

昔からこうだった。けれど以前のグミコはこんなふうにいちいち聞き返してなかったような気がする。聞き返さなくてもわかってたのか、それとも、わからなくても聞き流していたのか、よく思い出せない。

「サンタさんのプレゼント。何頼むのかなって」

「まだ決めてない」

「そろそろ決めなくちゃ、サンタも困るんじゃないかなぁ」

こういうやり取りもグミコはなんだか少しいやな感じがするようになっている。サンタさんを間にはさんで、おたがい遠まわしに話をしたりする、そういう雰囲気《ふんいき》が。

「決めといてね早く。プレゼント」

「うん、わかった」

「それとクリスマスの日どうしよう。そうだディズニーランド行く?」

「無理無理。混んでて入れないって。ていうか、うちでケーキ焼こうって約束してたじゃん」

「そ、そっか。いいねケーキ。クリスマスはケーキ焼こう。ぐりとぐらみたいに……」

「ちょっと待って。ススムさんケーキとか作ったことないでしょ」

「ないけど、やればきっとできるよ。スーパーで売ってるケーキの素《もと》、なんとかミックス使って」

「道具だっているんだよ、ほら、生地《きじ》流し込んでオーブンに入れる型とか」

「それも買えば……」

「だからぁ」

また、思ったより強い言い方になってしまった。吐田君がしゅんとなる。グミコは腹を決めた。いつまでも遠回しにぐずぐずやってんのって、いやだ。この際ちゃんと言ってしまおう。

「久美子《くみこ》さんのことだよ!!」

久美子さんの名前で吐田君は目を伏せた。グミコには、もう、わかっている。二人の会話が何だかかみ合わなくなってるのは、やっぱり、このことの、せいなんだ。

「クリスマスは久美子さんがここに来て、ハンドミキサーとかボウルとか型とかぜんぶ持って来てくれて、一緒に作るってことになってたじゃないケーキ!」

「ごめん」

吐田君はうなだれたままで言った。

「べ、別に謝《あやま》んなくてもいいけどさ。予定変わったんならそう言ってくんなくちゃ……こっちにだっていろいろ……」

「ふられた」

「え？」

「久美子さんには、もう、ふられたんだ」


とある午後のこと。吐田君は商店街の入口に立っていた。

毎日この場所で、グミコと待ち合わせていた。小学校の集団下校グループからグミコを引き取るのだ。世の中はずいぶんぶっそうになっているらしく、東京の小学生は一人で登下校させてもらえないのだ。

道路をはさんだ向かい側で列が動いているのに気づいた。十名いや二十名近い主婦や老人達が、小さな店の中にぞろぞろと入っていく。

昨日までは空《あ》き店舗《てんぽ》になっていたところだ。以前は確かメガネ屋か美容院だった。そこにポスターや幕が張られて、急ごしらえのイベントスペースになっている。選挙の時によく見かける臨時の事務所のような感じだ。

缶コーヒーを買う理由を作って、近づいてみた。

窓という窓がポスターで塞《ふさ》がれていて、中の様子はわからない。素人《しろうと》くさいデザインのポスターは食器や調理用具の写真に、実用新案とか特許とかスーパーなんとか加工とかそういう文字が入ったものだった。

そして店舗入口に貼られた模造紙には極太《ごくぶと》のマジックで、

「説明会　次回15：00より　先着30名さま！」

と、書かれていた。

「参加者全員に万能フライパン・プレゼント!!」

行列の理由はこれらしい。幅の広いネクタイをつけ頭を油で光らせた男性が列の人々を誘導していた。テレビショッピングでやってるような新製品の説明会が行われるのだろうと吐田君は推測した。

自販機から缶を取り出したところで、あらまあススムじゃない、というかん高い声を浴びた。振り返ると、タイトスカートの女が立っていた。きつい化粧をしていたが、吐田君はすぐにわかった。久美子だった。

吐田君はたじろいでしまってしばらく返事もできなかったが、久美子の方は気にせずいきなりべらべらしゃべった。考えてみたらなんと10年ぶりなのだが、しゃべり方は若い頃のまま、まるで変わっていなかった。吐田君は思い出した。吐田君が黙っていても、全然気にしない。そして話題は自分のことばかり。どこに行くつもりだとか何を買うつもりだとか、近々きっとこんないいことがあるに違いないとか、いつもとても楽観的だった。こんないやな目に遭ったとかこんな心配があるとか、そういう話をすることはなかった。吐田君のような人間にとっては、それが楽ではあった。

いきなりの再開だ。中断はなかったことになっていた。10年前二人がどんなふうに別れたか。彼女が最後にどんなことをしてどんなことを言ったか。そういうたぐいのことは話題の中に影一つ落としていなかった。

吐田君は相手の化粧の下の表情をそっと観察していた。気まずくなるようなことをあえて触れずに巧妙《こうみょう》に振る舞っているような様子でもなかった。やましさがみじんも見えない。どう考えても、完全に忘れてしまっている。記憶から完全に消去してるとしか思えない。この人はきっとそういう特殊な技術を持っているのだ。

私はライブドアの株買おうと思ったけどやめといたらやっぱりあんなことになった。私は少し太りたいと思ったら太った。私はリストラされたと思ったらもっといい仕事が見つかった。私は占い師に一万人に一人しかいない幸運の翼の持ち主だと言われた。延々と聞き続けるうち、吐田君は頭がぼうっとしてきた。本当は10年前のあれは自分の夢だったんじゃないかとさえ思えてくるのだ。あれが夢だとすると、あれから今までのことも、自分の頭の中の妄想なのではないか。久美子に去られてウツ病になって自殺未遂して引きこもって、でも好きな女性ができて子供まで作った、と思ったらその女性が死んでしまって……その10年の記憶はみんな嘘《うそ》で、自分はいまだにこの女と仲良くつきあってるんじゃないか。

ススムさーん。

遠慮がちなその声がすごく懐《なつ》かしく聞こえた。吐田君は現実に引き戻された。グミコがシャツの裾《すそ》を引っぱっていた。

あぁら、娘さん？　かわいいわね、そっくりね、と、久美子はテンションを変えずに続けた。

グミコは笑顔を作ってこんにちは、と言ってから、この人誰？　と吐田君に目で聞いてきた。

グミコのおかげでその日はそれで解放された。グミコは久美子について「昔の友達」という説明以上のことを知りたがるわけでもなかったから、吐田君はほっとした。

ところが翌日も、会ってしまった。

待ち合わせには、たいてい吐田君が早めに出かけて、待った。すごく待つこともあった。だがこの日に限ってなぜかぼんやりしていて、気がつくといつもの時刻を20分も過ぎていた。待ち合わせ場所から自宅まではたった5分の距離でグミコが一人で帰って来ることも簡単なのだが、ついでに買い物に行くことになっているから、待っているはずだった。ふくれっつらをして佇《たたず》むグミコの姿を想像しながら、吐田君はサンダルを突っかけて、走った。

商店街の人混みを右に左によけながら懸命に走っていると、突然、目の前がすっと開いた気がした。その先に、グミコと、そして久美子の姿があった。

グミコと久美子が手をつないでいた。商店街を、こっちに向かって、歩いていた。二人とも、笑っていた。

どきん。

いきなり胸を殴《なぐ》られたような気がした。思わず吐田君は立ち止まった。

久美子が気づいて、手を振った。目を丸くして立ちすくんでいる吐田君に、何やってんのよお、と歌うような声でグミコが言った。

自分がショックを受けたことに気づくまで、そしてその理由がちゃんとわかるまで、吐田君はずいぶん考える必要があった。

吐田君はいつもグミコと手をつないで歩いていた。登下校の見送りと出迎え、近所での買い物、休日の外出。いつも同じ形で歩いていた。それで幸せだと思っていた。二人だけで生きていくことが本当にできるだろうかと真剣に悩んだ時期もあったが、やってみるとなんとかなるものだった。保育園や幼稚園は自分の代わりに自分が知らないことまでちゃんとグミコに教えてくれたし、季節折々《おりおり》のイベントも体験させてくれた。小学校に入って驚いたのはクラスの四人に一人は「ひとり親」家庭だったことだ。東京とはそういう街なのだ。そういう子供たちにも不自由がないようにと、学校や地域からのサポートも整っていた。例えば父子家庭の女子児童は、下着を買いに行く時は学校の女性カウンセラーに一緒についてきてもらえることになっていた。

仲良く一緒に歩いている時グミコの同級生の母親に出会えば、本気でうらやましがられたりした。手をつないでゆっくり歩きながら吐田君は何度も、これで十分、これでオッケー、と、つぶやいたものだった。

ところが今、初めて気づいたのだった。今まで一度も見たことがなかったということを。グミコが他の大人《おとな》と、手をつないで歩いている姿を。

そういうグミコを初めて、正面から見たのだった。弾《はず》むようなその足取りが、紅潮《こうちょう》した笑顔が、心に焼き付いた。


久美子は、今日は私暇《ひま》だしと言った。グミコちゃんにパフェおごる約束しちゃったしと。二人は顔を見合わせてくすくす笑った。すでにいくつもの秘密を共有しているようだった。それで三人でデートすることになった。どうなることやらと吐田君は心配だったが、喫茶店《きっさてん》でもグミコはよく笑った。久美子はいつもの調子だったが、吐田君と違ってグミコはその会話についていっていた。壊れた蛇口《じゃぐち》からあふれ出す水のような話の中からグミコは自分なりの接点を見つけだして、学校生活のことや好きな食べ物のことを、しゃべっていた。うまいもんだ、と吐田君は感心した。

「あのね、さっきは久美子さんに料理おそわってたんだよ。茶飯《ちゃめし》の作り方って知ってる?」

「茶飯?」

「お米を炊《た》く前に、炊飯器《すいはんき》にどぼどぼお醤 油《しょうゆ》入れるんだって。それだけ」

高揚《こうよう》しているグミコを久美子はにこにこ笑いながら見ていた。

「グリーンピースごはんも教えてもらった」

「お米にグリーンピース混ぜて炊くのかな」

「そう。それからね、お米を水の代わりに牛乳で炊けばミルクピラフになるんだって。オレンジジュースで炊くと、オレンジピラフ」

「やだなあ」

と、がまんできなくなったように久美子が口を開いた。

「ススムさんに誤解されちゃうよ。私、普通の料理だってできるんだよ」

「ねえ、やってみていいでしょう。オレンジジュースごはん」

「ちょっとなあ」

ごはんを炊くのは今のところ吐田君の担当だ。無洗米《むせんまい》に水を注いで炊飯器のスイッチを入れるだけだからもちろんグミコにもできるはずだが、まだその権利を渡してはいなかった。

「普通のならどんなのできるの」

「そうね、お菓子なんか得意よ。クッキーでも、ケーキでも」

「わー。もしかしてクリスマスの時とかは自分でケーキ焼いちゃうの」

「そうよ、もちろん」

「すごーい。いいなー」

「そうだ、今年のクリスマスって、もう予定入ってる?」

目を見て聞いてきたので、吐田君は「特には」と答えた。

「じゃあ、クリスマスにケーキ作ろう。一緒に作ろう、グミコちゃん。道具とか材料とか全部持ってきてあげるから」

「やったー!! ねえ、いいよね、ススムさん、いいでしょ、それで」

自分ではまだケータイを持っていないのに、グミコは吐田君のケータイをもう器用に操作することができた。久美子の番号とアドレスを入力した。ワン切りでかけて、久美子のケータイにも記録を入れさせた。

10年前、自分のケータイから久美子の番号を消した時のことを吐田君は思い出していた。

翌日の午前中、吐田君のケータイが鳴った。久美子だった。二人でとんかつ屋に行った。それから商店街のペットショップや中古ゲーム屋や雑貨店を覗《のぞ》いた。久美子はグミコのために子馬の形の鉛筆立てを買って吐田君に渡した。

久美子は格好が派手《はで》だし声も大きいから、昼間の商店街では目立つ存在になった。一緒に歩いている自分は間違いなくヒモに見えると気づいて吐田君はおかしくてたまらなかった。

その翌日も呼び出され、そばを食べた。久美子はセールスの仕事をしていて、今この近所が担当だからと言った。いつもこういうもの食べてるのと聞かれたから、いやお昼はカップヌードルばっかりと答えると、えーあなたはいいけどグミちゃんかわいそうと言った。違うグミコは給食。あははそうねそうだったね。

それ以外の会話は、久美子のワンマンショウだった。久美子自身の身のまわりのできごとから、久美子が今見ているドラマのこととか、久美子が一流デパートで予約したおせち料理のこととか久美子が子供の頃ハマったゲームのこととか。

それはいつも通り楽しい話に限定されていた。それだけわかれば吐田君としてはもう話の内容はどうでも良かった。安心できてリラックスできて、ただ久美子の顔を見ているだけで楽しかった。

久美子と最初に会ったのは、彼女が18歳の頃だった。無口でぼんやりしていて鈍《にぶ》い吐田君と正反対で、活発で、頭の回転が速くて、テキパキしていた。

今の久美子は、客観的に見たらもう中年と言って良い年齢相応の容姿だった。しかしそこに昔の、若かった頃の彼女がふわりと現れることがあった。

「思い出補正《ほせい》」っていうやつかな。吐田君は考えた。

いやちょっと違う。

人は、表面に、雪が積もるようにいろいろなものが付いていって変わっていく。変わっていくというより、重なっていく。地層のように、年輪のように。だから今の姿の隙間《すきま》から、昔の姿が見えることがあるのだ。全身の表面に貼り付いた濁《にご》った膜《まく》が、動きや角度や光の加減でときどき一瞬だけ一部分だけ透《す》けて、きらきら輝いてた頃の久美子が見える。

そば屋を出たらもう2時を過ぎていた。ふと思いついて仕事中なんじゃなかったのと尋《たず》ねたら、ランチタイムだからいいのいいのと言ってから、別に夜でもいいんだよススムさえよければねと急に小声になった。

一瞬間《ま》があってから、そうだ、あのさ、おとといのあれ、クリスマスのケーキのこと、本気にしてていい？　……と、久美子にしては珍しくちょっと照れたような口調で言った。

は、はい、と吐田君はあわてて返事する。

久美子は吐田君の腕に手を滑《すべ》り込ませてきた。

じゃ、予行演習しなきゃ。

明日とか、行ってもいいかなあ、ススムのうち。

目をそらしてそう言った。その横顔を見て吐田君はちょっと胸が苦しくなった。今にも殻《から》が剥《む》けてそこから18歳の久美子がつるんと出てきそうに思えた。


「ごめん」

吐田君は自分に言い聞かせるような口調でまた、謝った。さっきから箸《はし》は置いたままだ。アボカドみそ汁の表面で緑色の油が固まり始めていた。

「わたしに謝ることないよ。ふられようが別れようが、それってススムさんと久美子さんのことだもん」

「いや、それだけじゃなくて……その、実はね、先週の土曜、来たのここに、久美子さん」

「土曜？」

「グミコが美加《みか》ちゃんの誕生会行ってた日」

「知らなかった。何しに？」

「クリスマスになる前に一度うちの台所見ときたいって。オーブンの大きさとか確かめて、それに合わせて道具決めなくちゃ、とか言って。で……」

「いい雰囲気とかにならなかったの」

「それが、失敗して。その、ゲボしちゃった。久美子さんの前で」

「ゲボ！　それでふられたの？」

「うん」

本当はもっともっと複雑で面倒くさい話だった。


久美子がクルマを運転してやってきたのは予想外だった。それも業務用のバンだった。迎えに出た吐田君は、その後部座席に、大量の調理用具が積んであることに気づいた。銀色に光る鍋とかフライパンとか、妙な形の計量カップとかスプーンとか、ジューサーかミキサーか、まだ箱に入ったままの電化製品とか。

久美子は吐田君の家に入るとキッチンに直行し、タイトスカートの腰に手を当ててシンクや棚やレンジを検分した。

「なーんにも、ないんだねー」

うん、と吐田君は思わず頭を下げた。

「いつもどうしてんの」

「えーと、これで……」

「わっきったない鍋。こんなのじゃなんにも作れないじゃない」

両手鍋は、グミコのものだった。去年のクリスマスに、小学校1年生のグミコはなんとサンタに鍋を頼んだのだった。それも子供用のやけどをしないようになってるおもちゃみたいな鍋じゃなくて、大人用のちゃんとしたものを、というリクエストだった。

吐田君はそれまで自炊《じすい》なんてほとんどしたことがなかったが、この1年は、みそ汁やカレーの作り方をこの鍋で、二人で、失敗しながら覚えたのだ。

「まあいいや。ねえ、コーヒーくらいいれてよ」

吐田君はその鍋でお湯を沸《わ》かしてインスタントコーヒーをいれた。カップに注ぐ時いつものように湯がこぼれて流しがぽこんと鳴った。

コーヒーが置かれても久美子は口をつけようともせず、吐田君の目をじっと見ながらねえ話があるからそこに座ってと言った。

相談したいことがあるんだけど、いいかなあ。

吐田君は答えた。いいよ。ただし、鍋とかフライパンとか買えって話以外ならね。

久美子の表情がみるみる変わった。

吐田君はこういう時、空気を読むことをしない。さらに続けてしまった。

自分で鍋買って友達三人にその鍋売りつけたらゴールド会員になれて、売上の3割がもらえて、みたいないかがわしい話があるらしいからね最近。

「いかがわしいって……バカにしてるつもりなの、アンタ」

久美子の口調が変わっていた。

アタシはアンタがあんまり惨《みじ》めだから助けてやろうって思ったのよ。

これ、アンタが儲《もう》かる話なのよ。

アンタ仕事ないんでしょ。いい歳《とし》して、子供までいて、余裕こいてらんないでしょう。これなら、本業にすることだってできるのよ。

しかもこれ家にいてできる仕事なのよ。

そのあたりから先は、よく覚えていない。吐田君の心はかっちり閉じてしまっていた。きいきいとわめく女の姿は、薄膜がかかったテレビ画面のように見えていた。

30分は続いていたはずだ。吐田君は、グミコが帰ってこないことを祈りながら、嵐が過ぎるのをじっと待った。

アンタにだって親類くらいいるでしょ。友達とか、思いつかなかったら、学生の頃の同級生に順番に電話していけばいいの。

そうだアンタんちのガキ、学校行ってんじゃん。クラスメートの親にもあたってみなさいよ。

片親だし、同情して買ってくれるバカいるってきっと。

そこで、吐田君は吐いたのだ。勢いよくゲポッといってしまった。飛沫《しぶき》は正面に飛び、久美子の化粧やスーツに、かかった。

久美子はわめきちらしながらティッシュペーパーを吹雪《ふぶき》のように散らかした。そしてタイトスカートの尻《しり》を振り振り、帰っていった。

「グミコ、ごめん。本当にごめん」

「いいよ、もう」

「だって、グミコ、久美子さんから、いろいろ、ほら、ケーキの作り方とか、教わりたかったでしょう」

「ねえ、ススムさん、わたしそんなこと言ったっけ？」

「グミコやっぱり怒ってるの？」

「………」

グミコは黙って、茶碗の中を箸でつついていた。

吐田君も黙るしかなかった。吐田君は世間《せけん》の人間関係の全《すべ》てが苦手《にがて》だった。だから、久美子のことも、やっぱり、という感じで、あきらめることができていた。別に傷ついているわけでもなかった。

しかし、吐田君が苦手な「世間」が、苦手な「人間関係」が、今こんなところにまで、来てしまった。そんな気がしていた。それは小さいけれどもはっきり実体化して、目の前のテーブルの上に、ぽかんと、浮かんでいるようだった。

グミコが唐突《とうとつ》に、「グリーンピースのことなんだけど」と言った。

「ん？」

「このごろ毎日グリーンピースごはんだけどさ、ススムさん、そんなに好きなの」

「いや、だってこないだグミコがグリーンピースごはん食べたいって」

「言ってないよ」

「えっ」

牛乳ごはんかオレンジごはんかグリーンピースごはん食べたいって、言ってなかったっけ。唯一《ゆいいつ》これならまともだと思って作ってみたのだ。作ったと言っても缶詰をあけて炊飯器のお米に混ぜただけだけれど、グミコは確かにとても喜んだのだ。

「けど作ったら、喜んでたから」

「違うよ。わたし……」

グミコは顔を上げて言った。

「嫌いなんだ」

「えっ」

「わたしグリーンピースって、だいっ嫌いだから。覚えといてくれる？」

「えええ？」

グミコは、怒っていた。吐田君の推測通りだ。しかし吐田君はその理由を勘違いしていた。吐田君は久美子と仲良くできなかったことをグミコに謝っている。ところがグミコは、そんなことで謝ってること自体に、怒っているのである。

つまり、こういうことだろ？　グミコは心の中で思う。ススムさんは自分自身のためではなくて、わたしのために、久美子さんと仲良くしようとしてた、って。

おかしい。それって。

ススムさんが久美子さんに向ける顔は、いつもの、グミコのお父さんの顔とは微妙に違っていた。

それがすごくさびしかったけれど、こういう時にちゃんとしなくちゃ、と思ってた。

グミコは首がちくちくする毛糸のセーターが嫌いだった。

けれどデパートに買い物に出かける時や誕生会にお呼ばれする時には、着ることができた。ちゃんとしなきゃいけない時には自分のモードを変えることができるのだ。背筋伸ばして、よそ行きの顔して、アイロンかけたハンカチも持って、ハイソックスきゅっと上まで上げて。そんな時ならセーターだって平気だった。

久美子さんと会う時も、そんなふうに自分を変えていた。

グミコの方はそれを、ススムさんのためと思ってやっていたのだ。

自分を作っていたからあんなにたくさんしゃべることができていた。

あの日だって、本当は誕生会なんてすぐに終わって、5時には家に帰れたのに、家の前まで送ってもらったのに、ドア開けたら久美子さんのクツあったから、そっとまた閉めた。それから近くの公園行ってブランコしてたんだ。

グミコは実はグリーンピースが大の苦手で、給食でもハヤシライスからグリーンピースだけこっそり抜いてティッシュにくるんでいた。シューマイのてっぺんからいちいち取ってたのを、ススムさんは見て笑っていたはずなのに。

グリーンピースごはんについては、がんばって、残さず食べていた。

その理由はうまくススムさんに説明できる気がしなかったけど、白いはずのごはんが緑の水玉模様になるのが、そのデザインが、なんだかはなやかで、心が躍《おど》る感じがあった。

ススムさんがそういうことをするのが、ススムさんがうきうきしている感じが、さびしかったけど、うれしくもあったんだ。

久美子さんのことだって、そうだ。あの人ほんとはちょっと苦手だった。ぺらぺらぺらぺらよくしゃべるし、香水の匂いは強いし、人の頭ぱしぱし触るし。

けど、ススムさんがなんだか盛り上がってるから、自分も力になりたかった。

続いてる間はなんでもガマンできる気がしていた、そういう気分が、今、いっぺんに吹き飛んでしまった。

吐田君は、昔のことばかりを思い出していた。グミコが知らない他人に入れ替わったような気がしていたからだ。

グミコがよちよち歩き出した頃からいつも手をつないでいた。最初は家の中や公園の芝生の上を。吐田君は腰をかがめてゆっくり、ゆっくり進まなくてはならなかった。やがて商店街なども一緒に歩けるようになったが、ずいぶん長いこと、吐田君は思いきり体を傾け、グミコは片手を上げてぶら下がるようにして、それが楽しくてたまに本当にぶら下がったりしながら、歩いていた。二人ともまっすぐ普通に歩くことができるようになったのは最近のことだ。

グミコの手の感触を、思い出してみる。それが吐田君のてのひらをしゅるしゅるとくすぐるように小さくなっていく。

小さな手がぎゅっと握りしめられていた。あれは生まれたての時のグミコだ。ふかふかの白布の中から、黒い濡《ぬ》れた目でじっと吐田君を見ていた。

その手を、その瞳を、吐田君はありありと覚えている。

けれど、と吐田君は考える。記憶の中のグミコを、今ここにいるグミコと同一人物だと考えは、いけない。世間の、人間関係の悲劇とは、そういうことから起こるものなのだ。本人の立場になってみればわかることだ。お前が生まれる時は大変だったんだぞとか1日10回もおむつ替えたんだぞとか言われても、そんなのは自分のことじゃない、と思うに決まっている。

今のグミコと赤ん坊のグミコが同じ人物だというのなら、グミコを産んだお母さんだって同じ人だと言えてしまうような気がする。

普通の人のように歳をとってじわじわ容姿を変貌《へんぼう》させる代わりに、あの人はいきなり、一瞬で、赤ん坊の姿に変身したのだと。

そんなことを考えてはいけない。吐田君は自分に言い聞かせる。

吐田君自身だってそうだ。自分だって、久美子と付き合っていた頃の自分とも、グミコと会う前の自分とも、今は別の人なんだ。

人間の体の構成要素は3ヶ月でほぼ全て入れ替わる。

入れ替わってしまったら、それは元の自分ではないのではないか。

脳細胞だって、常に新しい細胞と入れ替わっている。

古い細胞は新しい細胞にデータを転送して死ぬ。

記憶だって、オリジナルのものとは限らないのだ。何度もコピーされたものなのかもしれない。その過程で消え失《う》せたり、あるいは変形してしまった部分もあるだろう。

それが全て事実だとか本当の自分自身だとか思い込むのは、迂闊《うかつ》なことだ。本で読んだりテレビで見たりしただけで、他人の経験を自分がしたことだと勘違いしているのと同じだ。人は毎日毎日、変化している。自分と、他人と、出会いと、別れを、繰り返している。人と人の間には、永遠のことなんて、存在しないのだ。

お互いどんなにわかりあっていたとしても、いつまでも仲良くやっていけるわけはない。いつかは別々にならなくてはならない。

それに、個体としての自分、吐田進として吐田ぐみ子の父として定義される自分も、それを定義する全てのものどもの前から、やがて消える。

吐田君は思い出した。グミコに出会う前の自分は、自身が死んだ後は世界なんて存在しないと思っていた。

だから、面倒くさければいつでも自殺すればいいと思っていたのだった。

今は、自分の死んだ後のことを考えることもある。大人になった後のグミコのこととか。

自分がグミコより先に死ぬこと。それについては、どう考えても、いいことに思える。いつまでも生きていたいとは思わない。自分が100年後に生きていないことは、自分が100年前に生まれていないことと変わらない。悲しいことではない。

グミコはもう、ちゃんと社会を持っている。自分よりずっとうまくやっている。その延長で、いつかこの部屋からも出ていくだろう。

いや、もう、すでに、心は、自分のところからは離れつつある。

それをちゃんと思い知っておかなければならない。


「さっきから何やってるのススムさん」

グミコの苛立《いらだ》った声で吐田君は我に返った。

いつの間にこんなことを始めていたのか、吐田君には覚えがなかった。食卓から立ち上がって、グミコに背を向けて、シンクの上にかがみ込んで、作業をしていた。

炊飯器から内釜を取り出してシンクの上に置き、その中から箸で、グリーンピースをつまみ出していた。

緑の粒を一つ一つつまんでは、皿に取っていく。ごはんの表面が真っ白になったら、しゃもじで掘り返す。するとまた緑の水玉模様が現れる。そしたらまた、取る。その繰り返し。繰り返しながら、考えに浸《ひた》り込んでしまっていたのだ。

「もういいって。グリーンピース食べられないわけじゃないから！」

「グミコ」

吐田君はつい、声を荒らげてしまった。

久美子のこと。グリーンピースのこと。クリスマスのプレゼントのこと。そういうものがたまって、わだかまって、世間が、人間関係が、ぶくぶくと膨《ふく》らんでくる。それが切なかった。

本当は怒鳴りたかったわけではなくて、大きな声で、それを吹き飛ばしたかっただけなのだ。

「わがまま、ばっかり、言って。いい加減にしろよ。小学生じゃあるまいし」

「小学生だよ」

「…………」

それから沈黙が続いた。たった一分くらいだったけど、その重さに吐田君は耐えられなくなり、口を開いた。また、言わなくてもいいことを言ってしまった。

「それで、どうなんだ」

何の話をしているか自分でもわからなくなった。

「何頼むんだ、ほら、その、サンタのプレゼント」

たん、と、音を立ててグミコが箸を置いた。

顔を上げて吐田君を睨《にら》んだ。

「そうだ。そういえばクリスマス、ほしいものがありました」

怒り声ではなく、ものすごく他人行儀《たにんぎょうぎ》な、よそよそしい声だった。

その時グミコと吐田君、両方の胸の中で両方の心臓が、こわばった。

吐田君は、グミコの考えていることが、わかった気がしていた。

「わたしがほしいものは、お母さん」

と、言おうとしている。そう、はっきり予想できたのだ。

その言葉が、今の自分に対してあまりにもきつく効《き》いてしまうということも。

お母さん、という単語を、もしグミコがはっきり口に出したら。

そのことで攻撃してきたら。

自分はもう、だめだ。打ちのめされてしまうだろう。

そこまで、予想できてしまった。


グミコも、吐田君の考えていることが、わかった気がしていた。

ススムさんは本気で怖がってるんだ。わたしが、お母さんのことを聞くのを。うちにお母さんがいないことを言い出すのを。

例えば、クリスマスはお母さんにいてほしかったとか、そういうことを言われるのを。

それは大人の考え方なんだ。子供はそんなことを思わないものなんだ。少なくとも、わたしは、そんなことを言うわけ、ない。お母さんいなくて困ったり寂《さび》しかったりしたことなんて、ないし。


「わたしがほしいのはねッ！」

グミコは吐田君から目をそらさずに、声を張り上げた。

「サンタに頼みたいものはねッ！」

吐田君は凍《こお》りついた。

その次に来る言葉。それで、その一言できっと自分は、引き裂かれる。


「ほしいのは、もっとやさしいお父さんだよッ！」


吐田君は息を呑《の》んだ。グミコは続けた。

「ススムさんみたいにいつもだまりんぼで、そのくせいきなりおこりんぼになるみたいなお父さんじゃなくて、やさしくて、何でもちゃんと話してくれて、グミのことわかってくれる、何が好きとか何が嫌いとかわかってくれる、そんなお父さんが、ほしいんだッ」

「な……」

吐田君は打ちのめされるかわりに、びっくりして、頭にきて、混乱して、わけがわからなくなった。それでなんだか目がぴかっと覚《さ》めてしまった。こんなことは、吐田君には、滅多《めった》にないことだ。

そして、叫んだ。

「なんだよ、じゃあサンタにそう頼めばいいんだよっ」

と、大声で。

サンタに頼めばいいんだよっ。

やさしいススムさんがほしいって。

そしたらそしたら来るよっ。

新しいススムさんが。

そいつったらすごいよ。すごくやさしくてさ。にやにやしててさ。背広とか着てネクタイつけててさ。

言葉が次々と飛び出してくる。止まらない。けれど、どの言葉も大人らしくなく説得力もなく、まるでケンカしてる子供の口調だった。

何を言ってるのか、何を言いたいのか、吐田君は自分でもわからなくなっていた。

そんでさ、そいつって、ヨコワケなの。髪の毛、こんなふうにこんなふうに横に分けて、ぴっちりヨコワケで、べったり油つけて。

ぴかぴかしてんだから。

それで、すんごい、やさしいの。

グミコが遊びに行って遅くまで帰ってこなくても心配なんてしなくて怒らなくてにこにこしてて。

グミコが好き嫌いしてもがみがみ言わなくて、晩ごはんなんてぜんぶチョコレートとか大福で。

そういうススムさんに来てもらえばいいじゃない。

サンタさんに連れて来てもらえばいいじゃない。

そしたら……そしたら、こっちのススムは、いなくなるから。

もう絶対帰ってこないんだからね。

二度と会えないんだからね。

そこまで言って、それで限界で、吐田君はぷいとまた後ろを向いた。シンクの縁《ふち》を両手で持って体を支える。

蛇口や両手鍋やコーヒーカップや、そこに見えるもの全てがぐらぐらと揺れて、にじんでいた。

吐田君はもう泣いてしまっていたのだ。

声を上げてしまいそうだったけど、がんばって、がんばって、それを耐えた。

その時。どん。

背後から吐田君に、何かがぶつかってきた。

それは吐田君の腰にぶつかって、そのましがみついた。それから、破裂するようにわっと泣き出した。

０・１秒で、吐田君はグミコを抱き上げた。抱き上げながら、グミコのシャツで自分の涙をぬぐっていた。

グミコはわんわん泣いていた。思う存分、泣いてよかったのだ。グミコは子供だったから。娘だったから。

吐田君は泣いていないふりをしていた。一生懸命、息を整えていた。大人だから、お父さんだから。

けれども吐田君がグミコの背中に頬《ほお》をつけているのは、そこで涙をふいてるんだってことに、グミコは気づいていた。

グミコは抱かれたまま片手で器用にポケットからハンカチを出して、涙をふいた。吐田君はごめんねと言いかけてやっぱりやめて、そっと深呼吸してから、グミコを降ろした。

すとん、と床に降り立って、グミコが言った。

「あのさ、ススムさん」

「なあに？」

掠《かす》れた声で、吐田君が答えた。

グミコはもう余裕《よゆう》の笑顔で、吐田君の尻をぽんと叩いた。

「知ってる？　ケーキって、炊飯器でも焼けるんだよ」

第2章　サニーサイドアップ

初めて嘘をついたのは5歳の春だ。その瞬間のことを吐田君は克明《こくめい》に覚えている。

「今日は映画会です」

先生の一言で、教室がワッとわいた。

講堂の固い床に体操座りで見せられたのは魔法少女のアニメや特撮《とくさつ》ヒーロードラマではなく、交通安全の教育映画だった。それでも、みんなははしゃいでいた。いつもと違う体験ならなんでも大歓迎なのだ。

短いエピソード仕立てで身近な危険や交通ルールを教える実写映画だった。その中で、やんちゃな子供が、走っている電車めがけて石を投げるシーンがあった。

石は運悪く窓ガラスを割り、乗客のおばあさんにケガをさせる。

そんな場面でもまわりのみんなは大喜びしていた。「やったー」なんて叫んでいる男の子もいた。映画の教育効果は疑わしかった。

ただ、吐田君は違った。おばあさんが頭から血を流してうずくまる姿に衝撃を受けてしまい、それで具合が悪くなった。

映画はほどなく終わった。教室に戻る列から吐田君は一人外れてトイレに行った。洗面台で吐いているところを通りがかった先生が気づいてくれた。

幼稚園には保健室はなくて、ケガをしたり具合が悪くなったりした子供は職員室の隅にあるソファに寝かされた。

お湯をもらって飲み、しばらく休んだら、具合が良くなった。起き上がったところに、清水《しみず》先生が近づいて来た。がりがりにやせていつも傷だらけの吐田君を遠回しに気づかってくれる、優しい先生だ。

先生は冷たい手を吐田君のおでこに当て「もう大丈夫だよね」と言った。

「そうだススムくん、映画は最後まで見られたのよね、よかったね。面白かった？」

先生の問いかけに、

「はい」

と吐田君は頷《うなず》いた。

その時の先生の手の冷たさ、うつむいて見ていた自分の指先に付いた赤いクレヨンの色、遠くから聞こえるオルガンの音色と子供達の歌声、そういうもの全てを吐田君はありありと思い出すことができた。

あの時、自分は生まれてはじめて、意識的に嘘をついたのだ。

もちろん今なら、そんなに気に病むようなことではないと思える。けれどその時の自分にとっては、とんでもなくつらいことだった。

それが大したことじゃないと思う大人の自分と、罪の意識におしつぶされそうになっていた幼稚園児の自分は、完全な別人なのだ。

大人はたくさん嘘をつきながら、嘘は悪いことだと言う。そして子供に「嘘だけは絶対につくな」と言う。嘘つきは泥棒のはじまりなんだそうだ。子供はそれを真に受ける。

サンタクロースの正体を知った子供に、つまり自分達は犯罪者だと思われてもいいと世間の親は思っているのだろうか。今でも吐田君は不思議に思う。


「わたしのお母さんって、どんな人だった？」

グミコが聞いた。挽《ひ》いたコーヒー豆にお湯を注ぎながら、吐田君が答えた。

「お姫様みたいにきれいな人だったよ。それはもう本当に」

「もうちょっと具体的にないかなあ」

「写真見せたでしょ」

「あんなにぼけぼけの写真じゃ、よくわかんないよ」

グミコの母親メグミは、一人語りを自分撮りしたＤＶＤを吐田君にのこしていた。けれど、それを最初にグミコに見せていいのはグミコが10歳になる時と決まっていた。

「うーん。グミコさんに似てたよやっぱり」

「それは知ってるから。見た目とか、ふんいきとか、性格とか」

「グミコさんを2倍にして、そこからススムさんを引けば、お母さんになるよ」

「ええええ？」

「ほらこないだ勉強した〝平均算〟だよ。グミコさんはメグミさんとススムさんの平均だからね」

グミコは目をくるくるさせていた。真剣に考えているのだ。

自分×2－ススムさん。

そして「もう！」と言った。

「お母さんとはどこで出会ったの」

「舞踏会《ぶとうかい》」

「なんで嘘つくの。そんなこと、本当のこと言えばいいじゃない」

子供というものは母親がいないことでめそめそするわけではないし、クラスでも特別扱いされるわけでもない。不安いっぱいでグミコと暮らしながら、手をつないで幼稚園や小学校に行きながら、そのことを吐田君は知った。

「すきだった？」

「えっ」

「お母さんのこと、ススムさん、好きだった？」

吐田君は口ごもった。適当に答えればいい時にかぎって吐田君はひどく本気になってしまう。

それをグミコはもう気づいていた。

吐田君は結局、変な大人になった。まじめな顔で嘘をつく。

それがいつものことだ。友達がいないのはそのせいかもしれないとも、思っていた。

すごく昔の話だけれど、付き合っていた女の子に金を盗まれたことがあった。

その子と会うたびに財布からお札《さつ》が明らかに減るのだ。気づいた吐田君は、ある時1万円札ではなくジョークグッズの「1兆円札」を入れておいた。薄暗い喫茶店でトイレから戻ったら、案の定、バッグが開けられた形跡があった。

レジの前であわてた様子をしてみせると、彼女は平然と聞いてきた。

「どうしたの」

「いや、お金持ってきてたつもりだったんだけど」

「いいわ、今日はあたしがおごっといてあげる」

彼女は自分の財布から1兆円札を取り出し店員に渡した。店員の手が止まった。吐田君は笑いながら自分のお金を出して、固まったままの店員から1兆円札を取り戻した。

彼女も一緒に笑ってくれると思ったが違った。店を出ると彼女は真っ赤な顔で目を吊《つ》り上げた。

「私を犯罪者にするつもり？」

「ごめん。けど、あのさ君、もしかして僕の財布からお金盗ってる？」

彼女は一瞬目を泳がせてからすぐに立ち直って、強い口調《くちょう》で言った。

「盗ってないよ！」

さすがの吐田君も言い返した。

「それって、嘘だよね？　だって今」

「あなただっていつも嘘ばっかりついてるじゃない。親はもともといないとか。白分はロボットだったとか。嘘つきの吐田君に、私を責め立てる資格ないわよ」

いや別に責めてないし、と言いかけて吐田君は口ごもった。

もっと大事なことがある。その嘘とこの嘘って、全然違うものじゃないかということだ。そう思った。けど、口には出さなかった。苦労して説明するより、相手と二度と会わない方が楽なのだ。

吐田君は考えた。もしかして、彼女の言い分の方が世間的には正しいのかと。

世間では、嘘というものはぜんぶ同じ、嘘はただ嘘であるということになっているのかと。

そして吐田君は一人ぼっちになった。そんなふうに吐田君は何度も何度も一人ぼっちになってきた。

「ススムさんには、お父さんとかお母さんはいないの」

「いないよ」
「生きてた頃の思い出でいいから話して。どんな人だった?」
「最初からいないんだ」
「ススムさんがまだ赤ちゃんの頃に死んじゃったってこと?」
「違う。もともといないの。ススムさんは工場で作られたから。ススムさんはロボットなんだ」

　吐田君の返答が真実からほど遠いとわかっていてもグミコは問いかけをやめようとしない。だから会話はどんどんでたらめになっていく。

　相手の話をちゃんと聞かずに口からでまかせに返事をする。それは、料理や洗濯《せんたく》をしながら、それからここ数年は物書き仕事もしながらグミコを育ててきた吐田君に、自然に身についてきた技術である。

　よちよち歩きを始めた頃からグミコはつたない口調でとにかく話しかけてくるようになった。今ちょっと忙しいからだまっててくんないかな、とは吐田君は言えない。しかし、目の前にある作業をいちいち止めていたのでは生活が成り立たない。

　だから脳のメイン部分ではアイロンの温度に気を配ったり、パソコン画面上の文節を検討したりしながら、残りの部分でなんとか話をしようとする。それはたいてい、おかしな、おとぎ話のようなものになった。

「最近はあまり見なくなったけど、昔はロボット人間、クラスに一人か二人はいたんだよ」

父親は吐田君が中学生の頃に女を作って出ていった。顔も覚えていない。アル中気味だった母親とは、18歳で上京して以来、二度と会っていない。二人ともももう死んでるんだろうなあと何の感慨もなく吐田君は思う。

昔、痛かったりつらかったりした時よく、「自分は機械だ」と思うようにしていた。あるいはこの世界で生きているのは自分だけで、他の全ての人々はロボットなのだと空想していたこともあった。

「ごめんなー。ススムさんはロボットだから、君にはおじいちゃんとかおばあちゃんがいないんだ」

「じゃあわたしもロボットなの？」

「ちがうよ。グミコさんはススムさんとメグミさんの子」

「メグミさんは人間でも、ススムさんはロボットでしょ。子供なんて作れるの」

「うん、ロボットだったけど、メグミさんに会って、いろいろ教えてもらって、だんだん体が柔らかくなってきて、とうとう人間みたいになった」

「ふーん、そう」

グミコももう小学3年生だ。嘘だとわかっていないはずがないのである。

いつか正直に話す日がくるのかどうか、吐田君にはまだわからない。本当はメグミと初めて会ったのは、当時吐田君が住んでいたマンションの一室だった。最初は、お金を払って来てもらったのだった。満月の夜に来て、それから満月になるたびに来て、そしてグミコを妊娠《にんしん》した。

　フライパンに玉子を落としている吐田君の背中に、グミコが聞いた。

「目玉焼きってかっこよく言うとなんだっけ。スクランブルとかボイルドじゃなくて」

「サニーサイドアップのこと？」

「そうそうサニーサイドアップ。それってどういう意味」

「だから目玉焼き」

「じゃなくて」

「ああ、サニーがお日さまでサイドアップが上側だから、つまり〝お日さまが上〟ってことかな」

「へえ。目玉焼きって、太陽に見える？」

「うん、見えるよ？」

「うどんに入ると月なのにね。ほら月見うどん」

「なるほどね。欧米《おうべい》では太陽で、日本では月なんだ」

「わたしは太陽より月に見えるなあ。ススムさんは？」

「どっちでもない。やっぱり目ン玉に見えるよ」

「あっ」

グミコが吐田君の手元を指さした。それで吐田君は我に返った。

話に気を取られて卵を割りすぎていた。フライパンの中は卵だらけだった。

仕方ないからそのまま焼いた。ピザみたいに大きな丸い目玉焼きができた。

「まあ、たまにはいいでしょ」

盛りつけはグミコに任せた。トースターからパンを取り出し振り返ると、大型目玉焼きを取り分けようとしているグミコの様子が変だということに気づいた。目をぱちぱちさせながらフライパンに顔を近づけたり離したりしている。

「8個だから、4個ずつでいいんじゃない」

「わかってる。けど8個もあると同じ丸いのが16個も見えちゃうから、どこからどこまでが本当の8個だか、わかんなくなって」

「え？　どういうこと」

理解するのに時間がかかった。つまり、グミコは視覚に異常があったのだ。全てのものが二重にぶれて見えていた。1個の玉子は2個に見える。8個なら16個、見えていたのだ。

そういえば同じようなことがこれまでにも何度かあった。いつもグミコがさらりと言うので、つい聞き流していた。

それが心の中に少しずつたまっていて、今初めて浮上してきた。単に目が疲れやすい体質だとか、物を見るのに変な癖があるとか、そういうことではない。明らかに何かが彼女を困らせている。そう吐田君は思った。

放課後、眼科に連れて行った。本人にしかわからないような症状をきちんと伝えられるか、吐田君は不安だった。しかし医師の判断は早かった。グミコは両目玉の方向がわずかにずれていた。内斜視《ないしゃし》というものだと告げられた。

その影響で、複視《ふくし》という症状が出ていたのだった。右目で見たものと左目で見たものがうまく一つに重なりあわない。信号も、黒板の文字も、人の顔も、いつも二つずつ見えていたとグミコはこともなげに言った。そのうちのはっきりしている方を注視することで特に不便を感じずに、暮らしていたわけだ。ただし目玉焼きのように同じものがたくさん並んでいるものを見る時など、戸惑《とまど》うことがたまにあったという。

そういえばグミコは母親に似てちょっと寄り目気味だった。これまでも、本を読む時に眉《まゆ》をひそめることがあった。ちゃんと見えてるかと聞いたらいつも、大丈夫はっきり見えてるよと答えた。左右別々に調べる視力検査では両方とも1・5という数字が出ていたから吐田君は安心していた。

グミコは嘘をついていたわけではない。本人にとってはそれが普通で「大丈夫」だったのだ。世の中はそういうものだ、いつも二重なんだと、そう思い込んでいたのである。

それで不思議だとは思わなかったのかと聞いたら、だって人間って目が二つあるから、二つ見えるのはあたり前だと思ってて、とそう答えた。

確かに人それぞれで、見えている世界は違う。生まれつき見えている世界がその人にとっての現実だということもできる。

ただし、複視は病気だ。自然治癒《ちゆ》することはないし、放っておけば進行し、やがて視力が落ちていく可能性もある。できれば早めに手術した方がいい。と、そう言って医者は、専門の診察を受けられる大病院への紹介状を書いてくれた。

家に帰って検索してみると、経験談がいくつか見つかった。手術は吐田君が予想していたものよりも大がかりで、費用も80万〜90万円くらいはかかるそうだ。

吐田君には貯金はあったけど、今のところ収入はとても少ない。80万はなかなか痛い。

翌週、電車とバスを乗り継いで、大きな病院に行った。

担当医は30代半《なか》ばだろうか、化粧《けしょう》っけはないけど目はぱっちりしている、感じのいい女医だった。

自然な雑談をしながら万華鏡《まんげきょう》のような筒《つつ》を覗き込ませたり、小さなライトを眼球の片方ずつに当てたりして、あっという間に検査を終える頃には、グミコはすっかりその先生のファンになっていた。

手術は難しいものではありません。笑顔できっぱり言ってもらえて、吐田君もありがたかった。

ひそかに不安に思っていた費用については、帰りがけにカウンターで概算を教えてもらった。その数字を聞いて吐田君は口をぽかんと開けた。

「に……2800円？」

受付の事務員が、パソコン画面から顔を上げた。

「治療費の自己負担額はゼロです。ただ、入院中の食事代の一部など、いくつか保険の適用外となる部分があります。それを全て足すとこの金額となります。必要ならお見積書を作ります」

同じ内斜視でも病気と認められるものとそうでないものがある……診察室で女医が説明してくれたことの意味がようやく理解できた。複視の症状が手術を必要とするレベルと認められたら、健康保険が使えるということらしい。症状がひどくなくても見た目をよくするために手術する人も多いが、そういう場合は審美《しんび》医療、つまり美容整形と同じ扱いになるから全て自己負担となる。吐田君がネットで見た体験記はこちらに該当するものだったようだ。

春休みを利用して、入院手術することになった。

全身麻酔《ますい》した上で目の内側を切り開いて、眼球に繋《つな》がっている筋肉を切り、少しずらした場所に繋ぎ直す。医者にとっては「難しくない」範疇《はんちゅう》らしいが、説明を聞いているだけで吐田君は貧血《ひんけつ》を起こしそうだった。

前日から泊まって麻酔の準備、手術に1日。そしてその後2日ほどは安静にする。4日間の入院だ。

子供のための入院病棟に、吐田君は初めて入った。

エレベーターが開くとテーマパークの一角にでも紛れ込んだような気分になった。廊下《ろうか》も待合室も、床も壁も、カラフルに彩られていた。待合室のテーブルはひまわりの、ベンチはイモムシの形をしていた。そしてあちこちにぬいぐるみや積み木などの玩具《がんぐ》が置いてあった。ベランダにはちょっとした遊具まであった。

ただし指定された部屋に向かって進んで行くと、あちこちから小さな泣き声が聞こえてきて、吐田君もグミコも現実に引き戻された。

病室の扉はどこも基本的には大きく開け放たれていて、それぞれの事情を抱えた子供達が寝かされているのが自然と目に入ってくる。子犬のような声でくんくんうなっているのは、ベッドにベルトで押さえつけられている子供だった。寝返りしたり手術した部位を触ったりしてしまわないようにするには、そうするしかないのだろう。

頭と腕を包帯でぐるぐる巻きにされ、片足をベッドの上につり上げられている3歳くらいの子が、大声でぐずっていた。ママ、ママ、とって、これとって、はずして、ねえ。

「大丈夫、もうすぐだからね。すぐ外してあげるから。もう少しで退院だからね」

長い廊下を、吐田君はうつむいて歩いた。がんばって、がんばって。やさしい嘘で、なんとかのりきって。そんなことを、心の中で繰り返し呟《つぶや》いていた。

病室の中から幼児が歩み出てきた。1歳か2歳の、立ち上がり歩き始めたばかりの足取りでとことこ進んだ。

一瞬心がほっこりして、ついその様子をじっと見ていた。ところがその子がこちらを向いた時、吐田君は驚いてしまった。

その顔の半分以上が赤黒く、腫《は》れていた。火傷《やけど》の痕《あと》だろう。片目が白い絆創膏《ばんそうこう》で覆《おお》われていた。

その子の顔をまともに見てしまったことにも、そして内心でぎょっとしてしまったことにも、吐田君はひどい罪悪感を覚えた。だからさりげなく目をそらし、ペースを変えずに歩き続けた。

何ごともなかったかのように、その子の脇を通り過ぎようとした。

ところが。

「こんにちはー」

背後をついてきたグミコが、大声を出したので吐田君はびっくりした。

「お散歩かな？　あ、そうか廊下のゴミ拾ってたんだ。えらいねぇ」

グミコが笑いながら歩み寄った。さらにその幼児の顔を覗き込んで、言った。

「お名前は？　ゆうたくん。まぁどうしたのその顔。痛くない？」

吐田君はあわててグミコを制止しかけたが、幼児がうれしそうに笑っていることに気づいた。

「そうか、あっついあっついしちゃったのね。けどもう痛くないよね。お医者さんが治してくれるよ、よかったね、もう大丈夫だね」

幼児の言葉はまだ明確ではなかったが、グミコとのコミュニケーションはしっかりと成立していた。

「お姉ちゃんはね、今日から入院で、明日手術。ここ、目。目玉の手術なんだ。こわいけどね、がんばるよ。がんばろうね、ゆうたくん」

気がつくと母親らしき女性が廊下に出てきて、にこにこと微笑みながら二人を見ていた。

吐田君は恥ずかしくなった。あの子の焼けただれた顔は、心を映す鏡だった。自分が目をそらしてしまっていたのは、逃げようとしていたのは、自分の心からだった。

二人部屋だった。10畳くらいのスペースにベッドが二つ。それぞれの周囲にテーブルやラックが機能的に設置されていた。テーブルは可動式で、食事の時にはベッドの上にスライドすることができた。ベッドサイドからアームが伸びその先にはモニターが付いていた。角度を調整すれば座った姿勢でも寝たままでもテレビが見られる。番組はケーブルテレビのキッズチャンネルに固定されていた。

同室窓側の女の子は、笑顔ではきはきと挨拶《あいさつ》した。佐知子《さちこ》という名だった。幼稚園に入ったばかりくらいかなと吐田君は思ったが、枕元に置いてあった国語の教科書をグミコが見て、わたしが使ってたのと同じだと言った。それで小1とわかった。

佐知子ちゃんのテーブルの上に置かれたオレンジに1個1個かわいい顔が描いてあることに気づいてグミコが笑った。女の子の母親は、袋から新しい1個を取り出し、器用にグミコの似顔絵を描いて、手渡してくれた。

「この並びの子供達はみんな目の手術みたいです。グミコさんも?」

母親は吐田君にそう聞いた。

「はい。複視ということで、明日手術です。佐知子ちゃんも、目ですか?」

「ええ、目から広がる全身の病気です」

母親をよそに女の子はオレンジを手にグミコとけらけら笑いあっていたし、会話の流れがあまりに自然だったので、吐田君はその言葉をさらっと聞き流してしまっていた。


身長体重を計ったり、体温を測ったり血液を採ったり、レントゲンなど大きな機械を使った検査もいろいろ受けて、明日への準備は着々と進められた。普通においしいよと言いながらグミコは夕食を残さず食べた。順番でお風呂も入り、ベッドで少し勉強してから早々にもう寝ると言った。その寝息を確認してから吐田君はいったん家に帰った。

翌朝一番でまた病院に来た。午後1時から手術だ。

グミコはもう起きていた。ベッドのリクライニングを上げてキッズチャンネルを見ていた。

手術の前ということで朝食はビスケットだけで、水分もお茶一杯だけに制限されていたが、別につらくはないようだった。

昼頃に麻酔が効きやすくなるという薬をもらった。暗示もあってか飲んだ瞬間にグミコの目がとろんとしてきた。

ベッドには車輪がついていて、ストッパーを下げると、そのまま移動できる形状になった。薬や麻酔が効いている間は歩くのは危険だから、ベッドごと運ばれるのである。

時間が来て、ベッド移動。廊下から、そのままエレベーターにも乗り込む。手術室の前まで、吐田君もついていくことができた。

「眠いかな？　手術室に入ったら、麻酔をかけて、それで完全にぐっすりになります。ああ、麻酔は注射じゃなくてガスを吸うだけだから痛くないよ。そして眠ってる間に全部終わります。安心して」

看護師が、グミコと吐田君に交互に話しかけた。

「麻酔で寝ちゃうまで、あと何分くらいですか？」

ふいにグミコが聞いた。眠気が覚めたのか、しっかりした声だ。

「そうですね、もうそこ曲がったら手術室ですから、入って、ガス吸引して眠るまで、5分か6分かな」

「ススムさん、麻酔で眠ったら、その5分前までの記憶が消えるって知ってた？」

「そういえばそんな話、聞いたことがあるかも」

「つまり今こうしてる記憶、なくなるってことなのよ。すごいと思わない。こんなにはっきり見えて、聞こえてるのに。手術終わって目が覚めたら、このこと、今のこと、わたし忘れてるのよ。ていうか、なくなってるの、今のこと、わたしから」

薬のせいでグミコはむしろ元気に、饒舌《じょうぜつ》になっているようにも見えた。吐田君の不安な気持ちがそれでいくぶん紛《まぎ》らわされた。

手術室の前に到着した。自動扉がゆっくりと開く間も、グミコは喋《しゃべ》り続けていた。

「不思議だなあ。ねえ、今のこの自分、死んじゃうってことなんだよ」

死という言葉に吐田君はぎょっとした。グミコはしかし、とても楽しそうだった。

「そうだ。ねえススムさん、何か言って。普段だったら言えないようなことを一つ言って。どうせ忘れるからさ」

その時、吐田君の頭がいきなりすごくハッキリした。なにか。本当のことを伝えなくちゃ。

「あの、グミコさん、僕はね、ススムさんはね」

グミコはにこにこしている。

「メグミさんのことが本当に好きだったんだ。それでね実はね、今もまだ好きなんだよ」

それで吐田君の顔がぱっと赤くなった。自分の子供に向かって、妻のことが好きだなんて言う父親が、はたしているものだろうか。

グミコが手を差し出した。握り返そうとして、その手がオレンジを持っていることに気づいた。受け取るとそのオレンジには、顔が描かれていた。

「描いてもらったの。さっちゃんのお母さんに。わたしのお母さんの顔。似てる？」

吐田君は驚いて目を丸くした。

「グミちゃんのお母さんならこんな感じでしょって、描いてくれたの。手術室までは持ってけないから、預かってて。じゃ、がんばってくるね」

看護師から、いいですね、と確認するように言われて吐田君は身を引いた。ががらがら。ベッドが、手術室の奥に進んでいった。


オレンジを大事に持って部屋に戻ると、お隣は来客中だった。

母親とテーブルに向かい合っていたのは、地味だけどきちんとしたブラウスにスカートといったいでたちの中年女性だった。見舞客でも医師でもないようだ。

少女はベッドで眠っていた。

吐田君は軽く会釈すると、部屋から出て廊下のベンチに座った。手術が終わったらグミコのベッドはここに運ばれてくる。あるいは何かあったら看護師が吐田君のことをここまで呼びにくるだろう。病室からは離れないよう注意されているのだ。

中の会話が、聞く気がなくても聞こえてしまう。

丁寧に、今後の費用の見通しや、そのうち保険でまかなえる金額などの話をしていたから、保険会社の人なのかなとも思ったが、どうやら違うようだった。

「これからはとても大変だと思いますが、病院側も、最大限の努力をします。治療はもちろんですが、ご家族の生活の組み立てまで、スタッフが協力できることはなんでもします。一緒にがんばりましょう」

そういえばこの病院の中で、「ソーシャルワーカー相談窓口」という表示を見かけた。その中年女性は、専門のカウンセラーなのだ。とても重篤《じゅうとく》な病気の場合そういう人が派遣《はけん》されるということを吐田君は初めて知った。

〝目から広がる全身の病気です〟……その言葉を思い出して、吐田君の胸がずんと鳴った。少女は明日が手術だと言っていた。しかし、それで終わりというわけではないらしい。まず目の部分を調べ、それでわかったことを手がかりに、次の治療に進むということなのだ。

「ご主人様のお仕事は何ですか。ええ、どれくらい時間が自由になるか、必要があれば休むことができるか、その点をできるだけ明らかにしておいて下さい。それから、他に頼れる親族の方はいらっしゃいますか」

「明日の手術の結果を受けてから、しっかりしたプランを組みましょう。ですからお母さん、今日はご自宅に帰って、少しでもお休みください」

「上のお子さんは、中学生と、小学2年生ですね。お母さんが3、4日戻れなくても、困ることのないような準備をしておいた方がいいでしょう」

「ご自宅まで電車とバスで3時間以上ですから、往復を繰り返すだけでも負担は大きいですね。お母さん、この病院の近くにサポートハウスがありますが、ご存じでしょうか。病気のお子さんを看病する親族が泊まることができるチャリティー施設で、……」

手術は2時間ほどで終わった。ベッドごと戻ってきたグミコはすでに目を覚ましてはいたが、もうろうとしている様子だった。

「なんでわたしここにいるの？」

吐田君は笑ってみせたが、グミコはふくれた。それは冗談ではなかったのだ。

それからしばらく静かになっていた。眠ったのかと吐田君が思ったころ、思いついたように叫んだ。

「そうか、手術終わったんだ。麻酔ってすごい。手術の前のこと、完璧《かんぺき》忘れてるー」

麻酔の前に、忘れると予想したこと自体を、すっかり忘れているわけである。

談笑《だんしょう》できたのはそのひとときだけだった。麻酔が引くにつれて痛みがひどくなり、普段は我慢強いグミコが、痛い痛いとうなり出した。

看護師を呼んだらすぐに痛み止めを持って来てくれた。グミコはそれを飲むと眠ってしまった。

看護師は、顔を強くかきむしったりうつぶせになろうとしたら止めてあげてくださいと指示して去った。吐田君は、その夜はずっと付き添うことに決めた。

小児病棟は、保護者なら24時間出入りができるし、申請などせずに泊まることもできるのだ。ただし来客用のベッドはないから、イスを並べて横になるくらいしかできないのだけど。

お隣はというと、母親は少女が夕食を終えると「じゃあ行くね」とあっさり言った。少女は抗議していたが母親は構わず、明日また10時に来るから、とそれだけ言ってさっと出ていった。あっけらかんとした態度だった。

今の吐田君にはその気持ちがわかるのだった。こういう時は慰《なぐさ》めたり謝ったりしては逆効果だ。そして、少女にとって、母親にとって、本当に大変なのは、これからだ。少女のためにも、母親はここに留《とど》まってはいられないのだ。

消灯後の暗くなった部屋の中では、壁際の小さなＬＥＤだけが点灯していた。蛍《ほたる》のような小さな灯《あか》りだったが、その真下で本を開けばかろうじて文字が読めることを知って安心した。これで一晩退屈することもないだろう。

ただ、集中することはできなかった。少女が泣き始めたからだ。

吐田君はそのベッドに向かって小声で聞いてみた。

「看護師さん呼ぼうか？」

すると、割としっかりした声で、

「大丈夫。さびしいだけ」

と、返ってきた。

「さびしいけど、佐知子、泣かない。泣かないってママと約束したから」

こんな時、どんな言葉が適切なのだろうか。

「そうだね……夜はさびしいね」

迷いながら、そう言ってみた。

「泣かなかったらミッキーのお店に連れて行ってもらえるんだから。だから絶対泣かないもん」

そう言いながら少女はもう完全に泣いていた。

慰め方がわからなくて、吐田君はあきらめることにした。

吐田君は、母親に対しての愛情を感じたことがなかった。とても小さな頃はもしかしたら感じていたのかもしれないが、だとしても全く思い出せなかった。

だから泣いている少女の気持ちがよくわからなかったのだ。自分で自分がひどい人間だなあと思うのはこういう時だ。

少女はいつまでも泣いていた。困りながら、本を手にしたまま、吐田君はいつしか眠り込んでしまっていた。

ふと、すごく懐かしい声が聞こえた気がして目を開けた。

「大丈夫、すぐに治るよ」

少女のベッド脇に、女の人が立っていた。看護師ではない。もちろん少女の母親が戻ってきたわけでもない。

「治ったらおうちに帰って、そしたら毎晩お母さんと一緒に寝られるよ」

ガラス窓に映ったその姿を見て、吐田君の全身を電撃《でんげき》が貫《つらぬ》いた。

（メグミ……）

それはメグミだった。

グミコを産んですぐ死んだメグミが、そこにいた。

ベッドの中を覗き込んで、横たわる少女の胸のあたりに片手をそっと置いていた。そしてあのおだやかな声と笑顔で、慰めていた。

これは夢だ。そう思った瞬間、はっきり目が覚めた。

目が覚めたのに、まだそこにメグミはいた。

違う。

メグミではなく、それはグミコだった。今日手術したばかりで、まだ頭を包帯で巻かれている、グミコだった。

目が慣れてきた。がらんとした空間。目の前にベッド。その向こうにもベッド。その間に人影があった。

泣いている少女の脇に立って話しかけている。

そう気づいてからも、吐田君の驚きはおさまらなかった。

いつのまに、こんなに大きくなっていたのだろう?

「さっちゃん、じゃあ、お母さんがいない時、さびしくなくなる方法おしえてあげようか」

声だって、ほとんど大人みたいだ。

「さっちゃんのてのひらのにおいかいでみてごらん。どう」

静かな時間が流れた。

「ほらね。お母さんのにおいするでしょ」

「ほんとだ」

「ね。さびしくなったら、手のにおいかぐといいんだよ。いつでもお母さんそばにいるよ」

二人はしばらくそのまま動かなかった。グミコを映した窓の向こうに丸い月がぼんやりと見えた。

「じゃあそろそろおやすみね」

すっとグミコが身をひくと、その向こうに少女が見えた。両手を顔に当てて、匂いをかいでいる。

グミコは自分のベッドに戻ると、すとんと寝た。

「メグミ」

と吐田君はつい口に出して、呼んでしまった。

グミコはもうすやすや寝息をたてていた。


翌朝、珍しいことにグミコは朝食を断った。痛みがひかないようだ。

栄養も水分も点滴でとれていますから、大丈夫ですよ。けれど少しでも食欲が出たら、食べてくださいね。そしたら点滴外せるから。看護師はそう励ましてくれたが、痛み止めの薬もあまり効かないようで、グミコはずっとうんうんうなり続けた。

そんな様子を見ていると、ゆうべ大人のような口調で少女を慰めていたあの姿が、やはり幻《まぼろし》だったように、吐田君には思えるのだった。

昼食もジュースを少し飲んだらもういいと寝ころんだ。午後に診察があり、点滴を引きずっての移動を吐田君も手伝った。

診察室の前で待っていると、あの女医さんがひょいと顔を出した。

「狙った位置です」

「えっ？」

いきなり言われて、意味がわからなかった。

「狙った位置に、つながりました。手術、ばっちりうまく行きました」

「あ、ありがとうございました」

女医さんは顔をひっこめた。診察の途中で、わざわざ吐田君に一声かけてくれたのだ。検査はそれからまだしばらくかかった。

部屋に戻ると、隣のベッドが空になっていた。そういえばグミコのことで大変だったから気にとめていられなかったが、今朝は、あの少女の手術だったはずだ。

グミコは女医さんと話して安心したようで、おやつのゼリーはなんとか食べて、そしてまた眠ってしまった。

おやつのトレイを回収しに来た看護師に、吐田君は小声で聞いてみた。

「お隣さんはどうされたのですか」

「そうそう、グミコちゃん具合悪そうだったから声かけないことにしたけれど、よろしくと伝言を頼まれました。手術の後そのまま、別の病棟に移られたんですよ」

「……」

病状の深刻な患者のための棟に回ったということなのだろう。

吐田君は小さい頃、母親と兄に虐待《ぎゃくたい》されていた。母親の目の前で兄にバットで目を殴られ、失明《しつめい》しかけたことがある。後年、兄は母に「目が見えなくなってススムが地べたをはいずりまわるようになったら面白いと思ったんだよね」と、笑いながら話していた。そういう人達だった。

それは公園での出来事だったので、親切な他人のおかげで病院に行くことができた。目の下を8針縫《はりぬ》った。抜糸《ばっし》の時もとても痛かったし、それから何ヶ月も顔半分がひどく腫れていた。

今の縫合糸《ほうごうし》は傷がふさがっていくのと同時に、自然に溶けて涙と一緒に出てくるのだった。それがまたゴロゴロして痛いんだとグミコは文句を言っていたけれど、その口調はずいぶん明るかった。


翌日。退院の日だ。包帯を取り眼帯《がんたい》をしてもらった。

目玉全体が真っ赤でまだほとんど何も見えないらしいが、痛みはだいぶひいてきたようだ。後は処方された目薬をさしていれば数日で眼帯は外せるし、視力もじわじわ回復してくるそうだ。

荷物をまとめながらふとグミコが聞いた。

「ねえ、あの女の子どうしたの？」

「治ったんだって」

と、吐田君は反射的に答えた。

「手術うまくいって、お母さんと一緒に退院したらしいよ」

「メアドとか聞いてないけど、また会えるよね」

「うん、あとで看護師さんに聞いとく。きっと会えるよ」

「そうか……。あ、それから手術の前に預けたオレンジ、どうした？　食べちゃった？」

「あっ、ごめん。忘れるとこだった」

冷蔵庫の奥からオレンジを取り出しながら、吐田君はあれっと思った。

グミコは、覚えていたのだろうか。これを手渡してくれた時のことを。


神様はお願いを聞いてくれる存在ではない。

だって全員のお願いを聞いていたら、世界はおかしくなる。

けれど神様はその代わりに「嘘」を作った。

一人一人の願い事と、この現実の、隙間に。

そう吐田君は思っている。神様はきっと、嘘を許してくれていると。

片目だけでは歩きにくいだろうと思い手をとろうとしたが、グミコは恥ずかしがっていらないよと言った。

それで気づいた。いつからか、グミコとはもう手をつないで歩いていなかったことを。

吐田君は無意識にてのひらの匂いをかいでいた。そんな自分にふと気づいた。

第3章　カブトムシパン

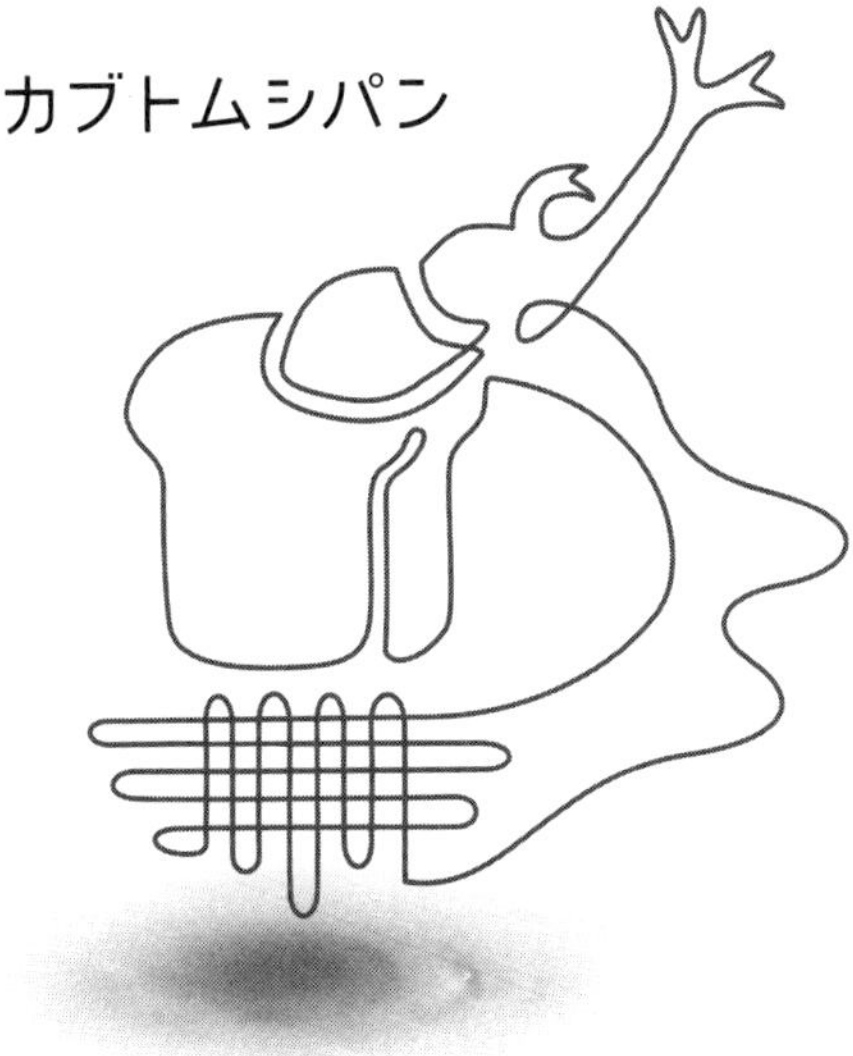

「夏休み行きたいところとかある？」

「べつに」

「そろそろ予約しとかないと。グミコ泳ぎ上手くなりたいって言ってたよね。沖縄とかどう」

「海よりプールの方がいい。夏休みはりっちゃんと区民プール行くって約束してるから、いいよ」

そうじゃなくてさ、と吐田君は思う。

最近は沖縄だってハワイだって格安便があるし、二人ならそんなにお金がかかるわけじゃない。けれどグミコの表情を見て、別に遠慮してるわけではないと気づいた。今時の小学生は忙しい。夏休みだって、友達と集まってゲームをしたりプールや博物館に行ったりする計画で早くも盛り上がっているらしい。

それはそれとして、せっかくだから親子の思い出も作りたいと吐田君は思う。一夏に一つでも。

「ディズニーランドはどう。泊まりで行くの。ホテルのプールで泳げるし」

「夏休みは混むでしょ。普段の土日とかに行った方がよくない？　あっそうだ、カブトムシ」

「カブトムシってどこ?」

「ちがうちがう。虫取りに行きたいの」

「ああ、昆虫採集か」

「ほら、こないだテレビでやってたみたいな。夕方に木にシロップ塗っといて、朝すごく早起きして見に行くやつ、やってみたい。カブトムシ捕まえたい」

そういえばグミコは本物の、というか野生のカブトムシを見たことがないはずだ。

「いいね。けどあれなら朝じゃなくて夜中のうちに、2時か3時くらいまでに行かなくちゃ。どこか山のペンションに泊まりに行こうか。昆虫採集ツアーやってるところもあるらしいし。ネットで調べるよ」

「近くで? うーん」

「ううん、この近くだって森はあるから、そういうところでいいの」

「神社でカナブン見つけたこともあったし、カブトムシもいるよ、きっと」

「東京でカブトムシか。どうかなあ」

眉間《みけん》にしわを寄せながらも、吐田君はすでに、すごくわくわくしていた。

小学生の頃、昆虫がすごく好きだった。夏休みは虫取り網を持って走り回っていた。セミならクマゼミ、トンボならオニヤンマを捕まえたら友達に自慢できた。

吐田君が育ったのは昭和の地方都市だ。次々と野山をつぶしては住居や道路にしていく作業の途中で、切り立った赤土ばかりが目立つ地域だったが、手つかずの森や林もまだたくさんあった。蚊やアブに刺されながら分け入ると、ふいに目も覚めるような美しい昆虫に出会うことがあった。特にタマムシやハンミョウ、センチコガネといった甲虫は、色鮮やかな光沢を放ち、まるで宝石のようだった。両手で包み、指の隙間から、その輝きを覗き見た。

お金持ちの子供の間では注射器と赤青2種類の薬瓶が入った採集セットがはやっていたが、吐田君は標本を作ったりはしなかった。1日か2日観察して、元気なうちに逃がした。それでも、それぞれ独特な形状や色合いは、はっきりと記憶に残っていた。

カブトムシを捕まえたことも、1度だけだけど、あった。木の幹で堂々と角を振り上げている姿が脳裏に焼き付いている。夏の暑さと明るさを反転させぎゅっと凝縮したような黒いボディーに、鉄球ほどの重量を覚悟して手を伸ばした。実際は重くはなかったが、暴れる力が想像以上だった。6本の脚がぐいぐいと押してくる感触が今もてのひらに残っている。

長い夏休みのたび手足に擦《す》り傷や虫さされ痕《あと》を作りながら、何十匹の甲虫を捕まえたことだろう。けれど、カブトムシを見つけることができたのはあの夏あの一度きりだった。

今の東京で、はたして見つけられるのか。考えれば考えるほど、無理だと思えてくる。

ネットで検索したが、東京に限らず都会でカブトムシを捕まえたという話は見つからなかった。今の昆虫はペットショップで「買う」ものなのだ。

しかしながら、最近とみにノリの悪いグミコと、一緒に盛り上がれるイベントは吐田君にとって貴重なのである。

吐田君は、ひきこもりだけど、40歳を過ぎてニートみたいなものだけど、時にスイッチが入ることがある。その日からネットで調べ、図書館に行ってさらに徹底的に調べ、そして計画を練った。

できるだけ自然のままの雑木林がいい。そこで大きな木の一本に狙いをつける。

夕刻までに行って、ワナを仕掛けておく。グミコはシロップと言っていたけれど、砂糖水ではだめだ。本物の樹液がいちばんいいのだが、大量に手に入れるのは難しいから、人工樹液を用意する。自分で作るのだ。

バナナの皮をむいてビニール袋に入れ、黒みつと日本酒、そしてイースト菌を振りかけ、密封。2日ほど放置しておくと、バナナが発酵してビニールがぱんぱんに膨らむ。これで完成。

日没までにこれを木に塗りつけておき、夜半を過ぎた頃、見に行く。

近隣に森林といえるほどのものはさすがにないが、神社や大きな公園など、木々が多く茂る場所なら何カ所かあった。ただし大抵は人の手が入って整えられている。木々は毎年枝を払われ虫や野鳥の巣を取り除かれ、電信柱のように突っ立っているものばかりだ。その下の地面も常時掃除されていて、落ち葉が積み重なることもないようだ。都会の中の緑はたいてい、「人工の自然」という矛盾したものだ。都会人がジョギングしたり散歩したりするために造られた場所であり、昆虫が育ったり隠れたりする余地はないのだ。

ただ一カ所だけ、ここならと期待できる心当たりがあった。自宅から歩いて20分ほどの場所に、川べりから急勾配《こうばい》でせり上がる小高い丘があった。川沿いに設けられたジョギング道路も、そこだけは迂回《うかい》したルートになっていて、その厄介な地形だけが手つかずのまま残っていた。ジョギング道路から細い脇道が出ていて、その丘に登っていくことができた。昔からの林をそのまま残して散策コースが造られていたのだ。

すっかり長いこと足を運んでいなかった。グミコが幼い頃は、よく一緒に散歩したものだが。柵《さく》で仕切られた小径《こみち》だけはきれいに整備されていたが、それ以外は下草が生え放題。雑多な木々が生育していて、途中から折れて横倒しになったままの木もあった。立木には幹にも枝にもツタやコケなどがまとわりついていた。

幼いグミコはその様子を指さして「ジャングル」と言った。

「ほらあそこにオランウータンがいる」

「ほんとだ」

木の枝からたくさんの太いつるが絡み合いながら垂れていて、それが両手で枝にぶら下がっているオランウータンに見えた。

「あれ、あれはペンギンだね。ジャングルペンギン」

「どこ」

「あの木の黒いところ。白い丸のとこがおなかで、ほらちゃんとくちばしもあるよ」

あの頃はそれくらいのことで、飽きることなくはしゃいでいられた。

本物のオランウータンやペンギンはいなかったが、枝の上に緑色の蛇がにょろにょろと動いているのを見つけたりした。目の前にぽとんとカミキリムシが落ちてきたこともあった。

柵を越えて「ジャングル」に入り、木登りや虫取りをしてみたいなあと吐田君は思っていたが、きっとすぐに係員が来て叱られるだろう。警報機が設置されているかもしれない。

一本、桁外《けたはず》れに大きなクヌギがあり、そこで道が大きくカーブしていた。幹の一部が歩道の内側まで突き出してきていた。それに合わせて柵もそこだけ低くなっていた。年季の入ったこの木を切らないようにと配慮されたのだろう。

吐田君が目をつけたのはその木だった。念のため自転車をこいで久しぶりに見に行った。以前のままだった。そして遊歩道は夜中でも通行できることも、確かめた。

「カブトムシ　採集　時期」で検索したら6月中旬からと書かれているサイトがあって、いてもたってもいられなくなった。夏休みの予定だったのに、7月の頭には計画を実行してしまった。

土曜の夕方、吐田君はまず一人でその場所に行き、クヌギの、低い位置のくぼみに人工樹液をそそいだ。

晩ご飯を早めに済ませ、グミコは寝させた。

吐田君は寝られる気がせず起きていたが、0時を回る頃、ふと先に一人で見に行ってみようかと思いついた。

さすがにカブトムシがそう簡単に捕まるはずはないと思っていた。カナブンの1匹でもいたら、それで盛り上がるだろう。けど、何もいない可能性だって、ある。さすがにそれはさびしい。

そうだったら、どうしよう。戻って、グミコに中止しようよというのか。なぜと聞かれたらどう答えよう。それとも、あらかじめあまり期待しちゃいけないと強く言い含めながら、一応行くか。

いや、やっぱり先に行くのはやめよう。1匹もいなくても、それはそれでいいだろう。これはテレビや映画ではないのだ。何か面白いことが起きるとは限らない。

2時になった。グミコを起こした。グミコはすぐに飛び起きた。

あまり大げさなことにしたくなかったので、買っておいたのは虫取り網くらいだった。あとはレジ袋をポケットに入れて出かけた。

夜中の雑木林。グミコは嫌がりはしなかったが、とてもこわがっていることはよくわかった。吐田君のシャツの裾を握って肩をすくめながらついてきた。

夜の通行は想定されていないようで街灯は数カ所しかない。懐中電灯の細い光を頼りにゆっくり進んだ。

街灯のないところで自分の影ができていることに気づいて、吐田君は空を見上げ、月の、まるで空に描いたような明瞭《めいりょう》さに驚いた。

ふと気づくとグミコも上を向いて、そのせいで足がおぼつかなくなっていた。月に見とれているのだ。その手を吐田君はそっと引いた。手をつないだのは久しぶりだ。

やがて例の、ワナをしかけたクヌギの大木が視界に入った。

(あっ!)

木のくぼみ、つい数時間前にたっぷりと樹液をたらしたその場所に、いきなり目ん玉がレンズになって、ズームした。10メートルは先だったのに、吐田君には見えたのだ。その黒いものが。

カブトムシだと、はっきりわかった。

カブトムシが。大きな、黒い、カブトムシの背中が。その美しい曲面が。

そこにしっかりと、存在した。カブトムシがいた。間違いない。つややかな背中で月の光を反射していた。そこから野生の力がほとばしっていた。

その瞬間、ありありと思い出した。カブトムシが大好きだった少年時代の気持ちを。

吐田君だけではない。昔の子供達はみんなカブトムシが好きだった。

その理由は、ただ、大きいからだった。デザインやフォルムがかっこいい昆虫はたくさんいるが、まとわりつく蚊や蜘蛛《くも》の巣をかきわけながら入っていった雑木林の奥で突然見つけたカブトムシは、なんだか間違えてるみたいに大きかったのだ。

もちろん外国にはもっと大きい虫もいる。けれど冷房の効いたデパートの売り場に置かれた姿はまるでプラスティック製の模型のように生気なく見える。日本の自然の中で、日本のカブトムシは、巨大だ。特別に、異常なほどに、暴力的なまでに、大きいのだ。

今は大人になっているくせに、吐田君は震えていた。すぐに走っていきたかった。黒曜石のようなその輝きに、飛びついて、両手で押さえ込みたかった。

その気持ちを自制して、小声で言った。

「グミコ、ほら、その木」

歩みのペースを変えずに、カブトムシから目を離さずに、グミコに虫取り網を渡した。そして指さした。

「そこのうろのところ、近づいて見てごらん」

冷静を装っていたが、声が上ずっていることに自分でも気づいていた。

吐田君はグミコの懐中電灯を受け取り、自分の懐中電灯とまとめて、木を照らした。

「どこ？」

月明かりを反射してグミコの丸い顔が輝いた。吐田君は口に指を当て小声で「しーっ」と言った。

「あっ」

（そっと近づいて、捕まえて）と、身振りで伝える。

カブトムシは敏捷《びんしょう》な虫ではない。手づかみでだって簡単に取れることはわかっていた。けれども、うれしいこと、うまくいってることはたいてい最後の瞬間に裏切られる、と吐田君は思っていた。

小さい頃に1回だけ1匹だけ捕まえることができたカブトムシを、吐田君は、この虫だけは飼ってみようと思った。しかしそれは、飼育環境を作ろうと木の枝を拾いに行ったはんのわずかな時間に、体をへし折られて殺されていた。家には母と兄しかいなかった。吐田君が笑顔だったことで、何か良いことがあったと察し、缶の中のカブトムシに気づいたのだろう。

そういうことを平気でする人達だった。理由は、いまだに理解はできないが。

吐田君にとって今この、グミコに自分の手で、野生のカブトムシを捕まえさせてあげられる瞬間は、大切な、確かな、幸せだった。それが手と手のすきまからぽろりとこぼれ落ちないよう、祈るような気持ちでグミコを見ていた。

グミコの動きはすばらしかった。横走りで静かに木に近づくと、片手で虫取り網の柄《え》を、もう一方の手で網の底をつまんで立て、カブトムシにすとんとかぶせた。そうして網の上からそうっとカブトムシをつかみ、持ち上げ、ひっくり返した網の底に落とし、すぐにくるりと網をねじって逃げられないようにした。

じたばた暴れるカブトムシの網を掲げて、吐田君の方を見た。笑っていなかった。驚きに満ちた表情だった。

吐田君は木に近づき、改めてその表面を照らしてみた。カナブンが1匹。それと名前を知らない細長い虫が2匹いた。それ以外に大量の蟻が、人工樹液に群がっていた。

「きゃあ」

グミコが、ぴょんと飛び上がって後ずさりした。

「ナメクジもいるよう」

カナブンも捕まえていこうと吐田君は言ったが、グミコは頭を振った。ナメクジが気持ち悪かったのと、そして落ち着いてきてまた暗い森がこわくなったのだろう。

カブトムシが入ったまま網を結んで袋にして、夜中の道路をてくてく歩いた。

「メスだね」

「ああ、オスがよかったかな」

「メスでもいい。すごいよ。大きいし。メスだって、かっこいいよ！」

もちろんカブトムシ界の主役はオスだろうけど、100点満点の幸せはそんなにない。吐田君はむしろほっとしていた。

「メスがいるならオスもいるはずだし、もう一度とりに行こうよ」

「うーん。1匹でも大変だし」

大変というのは捕まえに行くのが大変ということだろうか。暗いし、ナメクジもいるし。

「オスだけ買ってきちゃおうか」

「この子の部屋作ってエサとか食べさせてみて、お婿《むこ》さんのことはそれから考える」

部屋もエサも簡単だよと言いかけ、カブトムシを見つめるグミコの真剣な視線に気づいた。月の光をたたえて瞳《ひとみ》がきらきら輝いていた。

そうだ。これは大きなことだ。雑に考えたらいけない。ちゃんと飼わなくては。吐田君もそう思った。

グミコは小さな生き物が好きだ。2歳か3歳の頃には公園で見つけたダンゴムシを育てると言い張って、実際、飼っていたこともある。

その時のケースを使うことにした。

林で拾ってきた土や枯れ葉を敷き詰めて、枝を渡して、そこに手作り樹液をしみこませた脱脂綿を巻き付けた。

何日か飼ってみて、それでエサを食べたり土に潜ったりして、落ち着いてくれたら、それからオスを探そう。

もう一度あの木にワナを仕掛けるか。それとも、夏休みに入ったらどこか遠くに探しに行くか。電車に乗って、山梨とか、栃木とか。

昆虫採集が目当ての人を主に泊めているペンションの情報も、ネットでたくさん見つけていた。

それでも捕まえられなかったら、その場合は、買ってくればいいかな。

漠然とそういう計画だった。

けれど人生のほとんどの小さな幸せと同じように、これもあっけなく終わった。

数日後の夜。

廊下でグミコがしゃがみこんでいた。

「どうしたの」

カブトムシのケースを覗き込んでいた。

「うん。カブ子が」

ひっくり返っていた。6本の脚を、花びらのように上方に開いていていた。

「ああ……」

吐田君が指で触れてみた。つまみあげてみた。頭、胸、腹、と、外骨格の硬いパーツは、全ての関節部分でぐにゃりと緩んだ。

「死んじゃったんだ」

こくりとグミコがうなずいた。


カブ子の死についてちゃんと話したのはその夜、寝床でのことだ。

「カブ子、死んじゃったね」

グミコがぽつりと言った。

「うん、かわいそうだったかな」

吐田君が言うと、

「ううん、かわいそうでは、ないよ。だって必ず死ぬんだもん、カブトムシは、夏の終わりまでには」

暗い口調ではなかった。

人間だって、いつかは死ぬんだ。吐田君は心の中でそう思った。ただ、人間はいつ死ぬかわからない。カブトムシは必ず、羽化したその年のうちに死ぬ。

「うちに来て、幸せだったかな、カブ子」

「エサもちゃんと食べたし、部屋も気に入ってたみたいだったよね。一匹ぼっちは、さびしかったかな」

「あの木にいた時からぼっちだったし、それにあのままあそこにいたらエサもそんなに食べられなかっただろうし、カラスに食べられてたかも」

「うーん。それはわからないけど。カブ子本人は、不幸せでもないんじゃないかな。ただね、こっちはね、死んでない僕らの方はね、さびしいと思わない？」

「なんで」

「誰かが死ぬのはね。本人は死んでるからさびしくも悲しくもないと思うけど、生きてる方はね、ほら、もうカブ子とは会えないんだよ」

「そうか」

グミコの呼吸が変化した。吐田君は、グミコが暗闇の中で目を開けていることが分かった。

「二度と、会えないんだ。死んだら二度と会えないんだ、本当に」

「うん、さびしいね」

「うん」

それきり黙った。グミコが「死」ということについて考えていると、吐田君は気づいた。吐田君も同じだった。

翌日。二人で家の裏に小さな穴を掘り、カブ子を埋めた。

洗面所で手を洗って廊下に出ると、グミコがしゃがみ込んでいた。カブ子のいなくなったケースの前で。

泣いてるのかと思ったが、顔を上げたらにこにこ笑っている。

「どうしたの」

「うまれた」

吐田君は首をかしげた。

「カブ子がね、タマゴを産んでた」

「あっ」

ケースに敷いた腐葉土の中に、真珠のような白いきらめきが見えていた。

指でそうっと掘ってみる。米粒くらいの、だ円形のタマゴ。次から次へと出てくる。20個くらいはありそうだ。

「どうしよう」

急いでネットで調べた。

1カ所にまとまっているより間隔があった方がいいらしい。花のタネをまく時みたいに、土の表面を指で押して等間隔にくぼみを作り、そこに1個ずつ置いていく。タマゴはデリケートだから、そうっと、そっと。

上から軽く土をかける。

霧吹きで土を湿らせる。

毎日、霧吹きを続けて1週間。

見つけたのはやはりグミコだった。

土の隙間から、幼虫がもこもこ動いている姿が見えた。土をそっとどかすと、白くすき通った体がきらりと光った。丸まっているその直径が3～4ミリくらいだ。イモムシなのに、グロテスクではない。むしろ美しい。勾玉《まがたま》のようだと吐田君は思った。

グミコは1日に5回も6回もケースを覗き込んでいた。幼虫は壁にそって移動するのが好きなようで、ケースの横からでもたいてい数匹の幼虫を確認することができた。幼虫たちはみるみる大きくなった。1日で倍くらいに成長していたこともあった。

1週間後、ホームセンターで大きなケースと腐葉土を買ってきた。バスルームに新聞紙を広げて飼育ケースの中をあけると、丸まった状態で10円玉くらいの大きさになった幼虫たちが12匹いた。

日曜日、二人で電車に乗って、科学館に行った。

夏休みになったばかりで、館内は子供たちでごった返していた。質問コーナーに行ってみた。白衣の研究員が、カブトムシの育て方を丁寧に教えてくれた。土の湿らせ方、土換えのペース。温度管理のコツ。成長を邪魔しないように観察する方法。

そして、せっかくだから観察日記を書いてみたらどうですか、と勧めてくれた。自由研究にいいですよ。

吐田君はグミコと目を見合わせてうなずいた。夏休みの自由研究は工作でもお城の見学レポートでもなんでもいいのだけど、それで毎年結構頭を悩ませていたのだ。

この科学館でも〝小学生科学コンテスト〟というものを開催していますからぜひ応募してみて下さい、と研究員は言った。

教えられた一角に、前年の科学コンテストの受賞作品のパネルが展示されていた。最優秀賞は、6年生男子の「フライドチキン骨格模型」という作品だった。ファーストフードやスーパーマーケットで買ったフライドチキンの骨を全てきれいに残し、それを組み合わせてほぼ全身の骨格模型を作り上げていた。その過程が写真で記録されていた。できあがった骨格に、最終的に紙粘土で肉までを付けていた。特に面白くなるのはそこからだ。彼はそれをニワトリではなく、なんと恐竜の形に仕上げていたのだ。この子は恐竜のマニアらしく、ニワトリの骨格は恐竜の化石と共通点が多いことを詳しく調べ上げ、説明していた。そして、今は化石として骨だけが残っている恐竜は、実は大きな鳥だったのではないかという考えを示していた。

他にも、アイデアだけでついうなってしまうような作品がたくさんあった。

吐田君が気に入ったのは、「耳の家系図」という作品だ。夏休みの帰省を利用して、曾《そう》祖父母、祖父母、おじ、おば、いとこ、さらにはその先、と、出会える限りの親類縁者の「耳」の写真を撮っていた。総数は１００人以上、１００個以上の耳を、家系図の形で並べていた。親等が近いと似ている。そして離れるとその枝ごとに特徴が分化していく様子が、眺望できるのである。

グミコはというと、昆虫の研究を見つけて、熱心に読みふけっていた。「肉食系スズムシVS草食系スズムシ」という作品だった。スズムシは草を食べるイメージがあるが、動物性のものもよく食べるらしい。生まれたばかりのスズムシを2グループに分け、一方にはキュウリやナスなどの野菜類だけを、もう一方にはかつお節やささみなど肉類だけを与えて育て、双方の成長の様子を毎日調べ記録していた。最終的にはどちらもちゃんと成虫まで育っていたが、さらにどちらのオスにメスは集まるか、どちらの方が長生きするか、など、検証は続いていた。

「みんな、すごいね」

「うん」

グミコの声が弾んでいた。自由研究って、こんなに自由だったんだ、と、吐田君は感心した。学校の勉強とはちょっと違う感じが、新鮮だった。

「グミコも出してみたら、来年」

「うーん、こんなに面白く、できるかなあ」

「面白くなくたっていいじゃない。がんばって、カブトムシがちゃんと育ったら、それだけでうれしいし、日記つけておけば記念になるし」

幼虫はすごい勢いで育っていく。生まれてまだ3ヶ月で、丸まった形の直径が8センチ、小ぶりのドーナツくらいの大きさになっていた。不思議なことに、すでに親のカブトムシよりも大きいのである。

このまま大きくなったら大人の革靴くらいの成虫になるかも、世界記録更新かもと吐田君は興奮したが、グミコは図鑑でもう調べていて、冷静だった。

昆虫界では、子供の方が大人より小さいとは限らない。むしろたいていの昆虫は、幼虫の頃に最大になって、縮みながら成長するらしいのだ。

秋が来て冬になった。幼虫は動かなくなった。冬眠状態らしい。

クリスマス、お正月。新学期。子どもにとっては賑やかな、父にとっては穏やかな日々が過ぎていく。

ただし、父にはちょっと困ったことがあった。吐田君は体調が思わしくなかった。

子供までいるくせに、吐田君はいつまでも自分のことを若者だと思っていた。若い頃と同じようにお菓子を食べすぎたり、夜更かししてしまったりして調子が悪くなることもあった。ちゃんとした仕事をしていないから、就職したり人付き合いしたりしていないから、大人になりそこなった。そんな自覚はあった。

どこから知ったのか吐田君のメールアドレスに中学の同窓会のメールニュースが届くようになった。誘われたことはないが時々集まって飲み会などやっているようで、その写真が添付されていることがあった。皆、とても太って、しわだらけで、頭は白くなったり禿《は》げ上がったりしていた。どう見ても中年どころかもう老人だったが、顔は一様に脂ぎって、てらてらと光っていた。

吐田君は自分のことを棚に上げて驚いていたが、人のことを言えないと心のどこかでは、わかっていた。吐田君だってきっと同じだ。なにしろもう40代なのである。テレビで見る40代のタレントは皆ずいぶん若く見えるけど、普通の人はもう十分に年寄りなのだ。

この頃、腹が張る感じがあったり、たまに奥の方がしくしく痛くなったりすることがあった。当時は気にもしていなかったが、あれが発端だったのかもしれない。

冬が過ぎて春になった頃。大事件が起きた。核戦争が始まるとか、宇宙人が攻めて来るとか、町がゾンビだらけになるとか、本人にとってはそんなことよりも大変な事件が、吐田君の身の上に起きたのだ。

ガンになってしまった。

なんとガン、そうガン、信じられないことに、吐田君が、ガンになってしまったようなのだ。

ただなんとなく胸焼けしたり背中が重かったり、それくらいの不調で医者にかかるのは気が引ける。具体的にどこがどうと説明できないからだ。

吐田君は思いついて、人間ドックを受けることにした。調べてみると半日で済む安いコースもあったから、この機会に生活スタイルなど医師にいろいろアドバイスしてもらおうと思ったのだ。

二十人くらいの受診者と一緒だった。若者も老人も、男性も女性も、太った人もやせた人も、皆同じ薄青色のガウン姿で、ぞろぞろと並んでは個室を出たり入ったりしながら様々な診断を受けた。

生まれて初めての経験だったから、退屈しなかった。腕に太い針を刺されて血を抜かれるのも、変な味のバリウムをお腹いっぱい飲むのも、面白がることができていた。

待合室で隣に座った男性が、どうやらへビースモーカーらしくて、喫煙室がないことをしきりと愚痴っていた。その話は、そもそもたばこには害はないのだという持論に展開した。そういうタイプの人が吐田君には珍しくて、すっかり聞き入っていた。

その時、待合室のガラス扉に人影が見えた。やせた男だった。黒いコートの襟を立てていた。

男がこっちを見た。目が合った。

笑っているような、にらんでいるような、力のある視線。

「えっ」

それがこの世のものではないと、一瞬確かにそう思えた。

「どうかしました？」

ヘビースモーカーの男性が不思議そうに聞いた。

「あ……あの人は……」

「え？」

もう一度見ると、そこには誰もいなくなっていた。

「すみません、気のせいでした」

あれは死神だった。こちらを見据えて、手招きをしていたと、後から吐田君はそう思った。


検査結果が送られてきたのはそれから3週間も後、もうすっかりどうでもよくなっていた頃だった。分厚い書面の一番上の、手書き文字が目に入った。

「要精検項目がありますので、4月30日10時　来院ください」

サインペンでそう殴り書きされていた。

いきなり数日後の、平日の朝10時に来いと言うのである。勤めている人だったら、困るのではないだろうか。吐田君は暇なので別に構わなかったが。

要精検というのはどういうことだろう。書面をぱらぱらとめくって探すと、

「D2　要精検」

という赤文字を見つけた。

「上部消化管X線検査で所見が見られます」

「腹部超音波検査で所見が見られます」

やはり、意味がわからない。

病院に電話してみた。ずいぶん待たされてから事務局と名乗る人が出た。なぜかとても不機嫌そうだったが、吐田君はがんばって質問を続けた。来院くださいと書いてありますが、どういうことですか。どこか悪いところがあったということでしょうか。再検査ってことですか。どれくらいの時間がかかるのでしょうか。

相手はとても冷たく、突き放すようなしゃべり方を続けた。一切、そういうことには答えられません。電話では何も教えられません。規則です。

病院とは普通こういうものなのだろうか。吐田君は不思議だった。しかし、どうせ暇な身だ。言われた通りに、行ってみることにした。

「膵臓《すいぞう》に膿腫があるようです」

「のうしゅ？」

白衣を着ているから医者なのだろうが、名乗らないので確証はない。検査の時にはいなかった人だ。オレンジ色のフレームのメガネをかけ、女性のように甲高い声で、早口で喋った。

ありますか」

「腫瘍《しゅよう》です。悪性の可能性もあります。そして血液ですが、アミラーゼ値が高い。自覚症状は

「ええと、わかりません」

何がわからないかも、わからなかった。

チッ、と明らかに舌打ちの音がした。

「追加の検査をしましょう。いいですね」

「はい。今からですか？」

「いいえ、予約して頂きます」

「何のですか？」

「ですから。追加検査したいなら、予約してから、来てください」

吐田君は少し混乱した。検査なら今やってくれればいいのに、そのために来たのに。黙っているとと、チッ、とまた舌打ちの音がした。貧乏揺すりも始まっていた。

「こちらで日時を決めて後ほどご連絡さしあげる形でいいですね」

「すみません、質問ですが、それはもう一度ここで検査を受けるということですよね？」

「はあ？」

明らかに苛立っている様子だ。

「それは有料ですよね」

「はい」

「じゃあ、結構です」

チッ。3度目の舌打ち。そして、吐田君は確かに聞いた。相手が小さく「バカ」とつぶやいたことを。

吐田君は相手の顔をまじまじと見た。

「バカ……バカげたことを言わないで頂けますか」

さすがにまずいと思ったのだろうか。男は無理に続けてごまかそうとしていた。

「受けないと何がまずいんですか」

「結果の報告書は送ってあるはずなんですけどね。読んでないんですか」

「読んではみたのですが、よくわからなくて」

はあー、と今度はため息。

「じゃあ説明しますけどね、スイトウブにしこりが見られます」

「さっきは、腫瘍とおっしゃいました。同じことですか」

「もっと簡単に言いましょう。あなたね、ガンの可能性があるんですよ」

「ガーン」

と吐田君は言ってしまった。それも、結構はっきりと。

医師は一瞬目をむいたが、すぐに視線をずらし、聞こえなかったふりをした。

「あなたはガンだ」と言われたら「ガーン」と返そう。そう、子供の頃に考えたことがあった。それを突然思い出して、反射的に言ってしまったのだ。

「ガン……ええと、その、ガンで、いつくらいに死ぬんですか」

チッ。舌打ちの後、感情のこもらない早口で相手は言った。

「一般的、統計的な話しかできませんが、もし膵臓ガンだった場合は、手術して1年後の生存率は50％。手術をしなければ10％。手術して5年後の生存率は20％。しなければ2％です」

自慢げに解答するクイズ王のような口調だった。


「それからですね、吐田さんは、あと胃の検査もしてください」

「胃の検査は……この間の人間ドックで、してもらったはずですが」

「はい、バリウムで調べましたけれど、胃が荒れているようです。胃潰瘍《いかいよう》の疑いがありますので、次に胃カメラでの検査が必要になります」

この言葉にも、吐田君はなんだかもやもやするものを感じた。

頭を整理する。

その1。バリウム検査ではよくわからないと言うのなら、やった意味がないじゃないか。最初から胃カメラ検査を受けさせてくれればいいのに。

その2。さっき、ガンの疑いがあると言っていた。1年とか5年で死んでしまう可能性のある人に対して、胃が荒れてるから再検査しましょうとか、そんなこと言ってる場合か？

たぶんもやもやの正体は、こういうことだ。これらをきちんと主張して、ちゃんと説明を受けたかった。けれど、吐田君はひきこもりの、コミュ障なのである。ここまでで、もう社交性を使い果たしていた。

「胃の件は当院で承ります。膵臓の件は当院のサテライトクリニックで受けて頂くことになりますが、そちらも一緒に予約してさしあげます」

オレンジメガネの男は今度はセールスマンの口調で言うと、手元のバインダーをばたんと閉じた。そして、片手でドアを指さした。犬を追いやるような仕草だった。

それから待合室で1時間を過ごして、ようやく名前を呼ばれた。

1枚の予定票を手渡された。胃の検査と、膵臓の検査の予定日時が、勝手に決められていた。


ガン。

ガンといったら、不治の病というイメージがある。

自分は死ぬんだろうか？

そりゃあ死ぬだろう。人間だったらガンじゃなくてもいつかは死ぬ。

けれど、ガン、というはっきりとした言葉のせいで、死はすぐ目の前の障害物として具体化した。

悲しみや怖れはなかった。

むしろ泣いたり震えたりする暇はないのである。

現実的な心配ごとがある。グミコのことだ。


「膵臓は体の奥にあり、肝臓や胆嚢《たんのう》や脾臓《ひぞう》など他の器官のさらに後ろに隠れている。また、周囲は血管で取り巻かれている。そこにガンが発生した場合、外科手術はとても難しい」

「膵臓は重要な血管やリンパ管とつながっているため、ガンが発生すると転移も起きやすい。切除に成功しても、既に他の場所に転移していたということが多い」

「膵臓ガンは初期には痛みなどの自覚症状が出ないので、見つかった時は手遅れのことが多い」

ネットをうろうろして情報を集める。調べるほどに、膵臓のガンはかなり厄介なものだということがわかった。

「放射線治療も、手術も、他の臓器をひどく損ない、むしろ命を縮めることもある。苦痛に耐え、うまくいったとしてもせいぜい数ヶ月の延命がいいところ。そっとしていた方がいい」

という意見もあった。

吐田君は、自分と同じような経験をした人のブログも探した。病院でガンと宣告された人達だ。

その後どう治療と向きあったか。生活は、仕事や家庭はどう変わっていったか。

闘病ブログを書き続けるような人は、とても精神力があり、とても前向きだ。つらい治療にも文句を言わず、それどころかユーモアたっぷりにリポートしている。医師からの指示だけでなく多方面から情報を集め、様々な療法を試したり、栄養をつけるためにいろいろな食べ物を取り寄せたりしている。

家族に感謝しながら　やれることは全部やるぞ！　と、がんばっている様子が明るい口調で語られているのだが、たまに、諦《あきら》めざるを得なかった人生設計、仕事や子作りへの未練や後悔がぽろりと綴《つづ》られていたりすることもあって、読み進めていると胸にくるものがある。

そして、そんなブログ日記が、突然、終了していることがある。たいてい、「応援して下さった皆様へ」という、本人ではなく家族が書いたページが最後だ。

自分がいつ死ぬか、わかっていればとてもいいと思う。

40歳で死ぬにしても、80歳で死ぬにしても、知っていればその時に向けてちゃんと準備ができる。

本当は、全ての人が同じなら、たとえばみんな50歳で死ぬとか決まっていたら、もっといい。死は悲しいものでも怖いものでも、なくなることだろう。

吐田君はカブ子のことを思い出す。ほとんどの昆虫は、同じ種類なら同じ年に生まれたものは同じ年に死ぬ。うらやましいと思う。

人は、生き物は、なぜ老いるのだろう。なぜ死ぬのだろう。

人は1個の細胞のDNAの中に、全身すみずみまでの情報を持っている。耳たぶの細胞ひとかけらの中に、手足も目玉も胃腸も肝臓も、入っているのだそうだ。だから、クローン技術で羊の子供を作るとか、iPS細胞技術で人間の臓器を作り出すとか、そういうことも可能になっている。

吐田君が不思議に思うのは、人間がそれをなぜ自分自身の内部で行わないのかということだった。

膵臓がだめになったら新しい膵臓を作って、入れ替えればいいのに。

あるいは、老化してしわくちゃになった肌を随時、若いぴちぴちの肌に取り替えればいいのに。

大けがで体のどこかが取れたら、同じものを作ってすぐにそこから生やせばいいのに。

そういう機能がないせいで、人間は老いる。死ぬ。そして老いや死の予感に悩まされる。

それには何か意味があるのだろうかと考える。例えば、人間は、生き物は、そもそも死にたがっているんじゃないかと。


グミコはカブトムシの成長を熱心に観察していた。毎日のように定規で測ったり、見た目を色鉛筆で細かくスケッチしたりしていた。

春になって幼虫は再び活発に動き出すようになった。土の表面に出てきて動いていることもあって、そういう姿をグミコはよく絵に描いていた。

吐田君はじゃまにならないように横から覗き込む。

秋以降は大きさは変化していないようだ。ただ、その体がとても損傷していることが気になった。

白い胴体のあちこちに茶色いしみができていた。足が何本かとれていたり、キバが欠けているものもいた。ケースの中には天敵もいないないしただ土を食べていればいいだけの毎日なのに、そんなに、取り返しのつかない傷を負ってしまうというのはどういうことだろうか。

吐田君は五体満足だったが、体にはたくさん傷が残っている。幼少期に負って、元通りにならなかった傷跡だ。

どの傷を見ても、それぞれが記された時のことをありありと思い出す。母親が突然お前いらんわうざいけんと言って橋から突き落とした時。その母親に溺愛《できあい》された肥満児の兄がふざけて焼けたはんだごてを押しつけてきた時。そんな光景を忘れさせないように体が命じている、それが傷跡の意味なのだろうか。

暖かくなるにつれ、幼虫はものすごく暴れるようになった。モグラのように土を掘り進む。飼育ケースの壁にぶつかっても動きを止めず、プラスティックの表面をキバで、がりがりと音がするほどかじる。かじりながら壁際を移動する。透明ケースの側面がそれで白濁するほど傷だらけになっていた。

がりがり、がりがり。その音は大きく響き渡り、吐田君は夜中に目が覚めてしまうほどだった。

どうしたんだろう。病気かな。そう吐田君が心配していたら、グミコが言った。

「科学館の先生が教えてくれたじゃない。サナギになる前に大暴れするって」

「そんなこと言ってたっけ？」

「ほら、ススムさんが牛乳パックで飼えますかって聞いた時。飼えますけど4月頃にはもっと丈夫な入れ物に移してくださいって。その時期だけはすごく暴れるから、紙パックくらいなら食い破るって」

「そうだ、そうだった」

多くの昆虫はサナギになる直前に、それまで生まれ育った場所からできるだけ離れた場所に行こうとするという。暴れているように見えるのは、とにかく少しでも遠くまで移動しようとしているからなのだ。

大人になる前に、死にものぐるいの勢いで、ふるさとから離れようとする。吐田君は自分が上京してきた頃のことを思い出した。


「この本、何」

ガンのことを調べるために吐田君が図書館から借りてきていた家庭医学全書をグミコが見つけた。

「べつに」

「べつに？」

吐田君はたじろいだ。最近のグミコは何を言われても「べつに」で返すようになっていた。それが腹立たしくて「べつにはやめなさい」と注意したことがあった。

その「べつに」を使ってしまって、気付いたのだ。ちょっと待て。「べつに」って、そもそも自分の口癖だったかもしれない。吐田君は考えごとをして人の話を聞き流す癖があったし、無意識のうちにこの言葉を口にしてしまっていたかもしれない。

グミコはそれで傷ついていたかもしれない。

吐田君は、自分は他人からひどい仕打ちをされることが多い人間だと思っていた。だから他人を信用することはやめておこうと決めていた。けれど、グミコが生まれてからは、自分だって無意識に他人にひどいことをたくさんしていると気づくことがあった。

吐田君はもうグミコの「べつに」をとがめることはできなくなった。

「最近、学校はどうなの」

「べつに」

「今日の給食おいしかった？」

「べつに」

「休み時間とか何やってるの」

「べつに」

「誕生日、来週だよね」

「べつに」

「プレゼント、何がいい」

「べつに」

「服とかだったらもうススムさんわからないから、一緒に買いに行くってどう」

「べつに」

「お店の前で待ってるから。決まったら呼んでくれるでいいから」

「べつに」

親子ってこういうものなのだろうか。これでは結構困ってしまうのではないだろうか。

吐田君にはもちろんこういうことを相談できる友達はいない。それに予想できる。誰に聞いても答えは大体同じだろう。

「反抗期でしょ」

と。

けれども反抗期とか思春期とかいう言葉も、吐田君は信じていなかった。人間は一人一人違う。体も、心も、生きている環境も。一律に性格が変わるって、決めつけるような心理学はうさんくさいと、吐田君は思っていた。

子供も大人も、精神的にも肉体的にもつらい時があるのは同じだ。ただし年長の人と若い人では時間の進み方が違うから、親と子は必ずいつかすれ違っていく。話がかみあわなくなる。どんなに仲のいい関係だって、永遠ではない。友達だって、恋人だって。それは家族だって同じだと吐田君は思う。
1、2年は吐田君にとっては一瞬だけど、グミコにとっては人生の1割や2割が進んだことになる。子供は大人の数倍の速度で生きているのだ。置いてかれるのは仕方ない。
吐田君は気をつかいながら話しかけてるつもりなのだけど、グミコのほうは、たいてい「べつに」ですましてしまう。べつに。べつに。べつに。吐田君は多少傷つきつつ、外でもこんな感じだったら人間関係大丈夫なんだろかと心配にもなった。

だけどそれは杞憂《きゆう》だった。買い物に出た時、学校帰りのグミコにばったり会ったことがある。友達数人と大笑いしながら歩いていた。

目が合うと、グミコから目をそらした。それでおおいと呼びかけることを吐田君はあきらめた。

高学年ともなれば大人に近い。そろそろお父さんのことはうざくなってきて当然だ。それでも、この感じはちょっと参るなあとも思っている。

いつからこんな感じになったのか。

この1年の間のどこかで、お風呂に別々に入るようになっていた。まあそれは当然だ。

勉強も以前はよく教えていたけど、最近は、これこれこういう参考書や問題集を買ってください と頼まれるだけだ。買って渡すと、ありがとうこれで勉強します、で、済んでしまうようになった。本当に一人で勉強しているみたいだ。グミコのノートを横から覗こうとしたら気づかれてさっと隠されたことがある。

吐田君は気持ちを切り替えることにした。

小さな頃のグミコとは別人なのだ。あの、いつも一緒に手をつないで歩いた小さなグミコは去っていって、その代わりに、少し大人になったグミコ2号が来てくれた。

成長する子供と付き合っていくということはそういうことなのだ。そう考えることにした。

グミコ1号とは100%仲良くできていた気がする。けれどそれはよく考えるとただの思い込みだったかもしれない。親の側の勝手がまかり通っていただけなのだ。

グミコ2号はより賢くなって、自我はもう完成している。

親と子だって、人格と人格なのだ。親が子に嫌われることもあるだろう。仕方ない。嫌わないでと怒っても仕方ないのだ。

この考えはおかしいだろうか。吐田君には自信がない。こういう考え方なのは、もしかしたら自分がおかしな人間だからなのかもしれない、とも思う。おかしな場所で生まれおかしな育ち方をして、おなかが減っていても体じゅう傷だらけになっていても無表情で生きているうち、ロボットになっていたからかもしれない。

グミコは人間だ。優しい柔らかい人間の母親から生まれた、人間の子だ。ロボットに育てられるのは申し訳ないと思う。

だから、がんばらなくてはと吐田君は思う。なんとか、関わろうとする。


グミコの母親は、グミコが生まれてすぐ死んだのだが、DVDの映像メッセージを遺《のこ》してくれていた。

手紙には「悪いけどあなたへ、ではなくグミコへ」と書かれていた。赤ん坊のグミコが大きくなったら、子供じゃなくなったら、見せるようにとの遺言通り、そのDVDは10歳の誕生日に渡した。グミコははいと言って両手で受け取った。すぐに見ると思っていたのに、いつまでも本棚に置きっぱなしだ。

父と子の間に温度差があるわけだ。吐田君はもちろん、そのDVDがすごく大切なものに思えている。だけどグミコの方は、そうではないのかもしれない。そもそも、母親のことを全く覚えていないのだ。

吐田君としては、グミコの母親メグミの思い出を、自分だけで独り占めしてる感じは申し訳なくて、だからこのDVDはまずグミコが自分の意志で見て、それから、グミコが許してくれて初めて見ていいものだと思っている。早く見てくれればいいと思っている。けれど、グミコはほったらかしだ。

ただし、無関心というわけではなさそうだ。母親のことが、その生前の姿が、大事なものでないわけがない。先送りにしているのには、何かグミコなりの考えがあるのかもしれない。

「お母さんのＤＶＤ、どうした？」

「べつに」

「ＤＶＤ、見た？」

「べつに」

「見てないってこと？」

「べつに」

「いつ見るつもり？」

「べつに」


5月の中旬。吐田君は生まれて初めて胃カメラを飲んだ。

朝から食べ物も水も禁じられ、時間通りに病院に行ったのに1時間半も待たされた。検査が始まったのは昼近くだった。

ベッドに寝かされ、口から、先端にカメラが付いたホースのようなものを入れられた。ホースはぬるぬるで柔らかく、思ったよりもつらくはなかった。最初は横目でモニターを見ることができた。自分の口元が映っていた。映像は歯や喉をくぐり、食道に入っていった。そこで頭の向きをずらされて、よく見えなくなった。

ホースの動きがおさまってから、腹の奥をぐりぐりとかき回される感じがあった。どうやらホースの先にはカメラだけではなく超小型のマジックハンドのようなものがあって、それで胃壁をつまんだりこすったりしているようだ。強くねじり上げられてから、ぶちっとひきちぎられるような感覚があった。何も聞かされていなかったのでとても驚いた。

ホースを抜いてから「こんな感じでした」とだけ言われて、胃壁を撮影した写真を何枚か見せられた。胃の内部は白っぽかったが、最後の写真は鮮血が広がっていた。明らかにマジックハンドでひきちぎったせいだ。それを見て吐田君はまた胃にずしっと痛みを感じた。何のためにどんな検査をしたのかとか、その結果何がわかったとか、詳しい説明はなかった。

今度はかなり年配の医師が「潰瘍が」と、ぼそぼそと消え入るような声で言った。

それからさらに何かを言っていたのだが、声がか細くて、聞き取れない。

「すみません、あのう、胃の潰瘍がどうだっておっしゃいました？」

言葉が不明瞭なだけではなく耳も遠いようで、無視された。背筋が曲がって前に倒れ込んでいるような姿勢で、目はほとんど閉じているようだ。医者には定年とかないのだろうかと吐田君は思った。

困ってるところに、隣で立っていた中年の看護師が、口を開いた。

「潰瘍のある人は、ピロリの除去に健康保険が利きます。よかったですね」

「あの……」

「書類を用意しますのでお待ち下さい」

質問を受け付ける雰囲気ではなかった。

看護師が持ってきた申込用紙は既にほとんどの箇所に殴り書きの文字が記入済みで、空白のところに付箋《ふせん》がついていた。

「こちらにサインを」

「ええと……」

さすがに吐田君は聞き返した。そもそも自分の胃は今いったいどういう状態で、それをどうしようとしているのか、一切わからないのだ。

「ピロリって、何ですか。何か病気に感染してるってことですか」

「胃に、菌がいるんです。今の大人の6割は持っている菌です。40代以上なら、7割ですね」

答えてくれるのはやはり医師ではなく看護師だ。6割、ということは過半数だ。ならばこの菌は持ってる方が普通といえるのではないか。

「しばらく薬を服用することできれいに除去できます。普通はずいぶんお金かかるんですけどね、ピロリ菌が潰瘍の原因になっているという説があるおかげで、胃潰瘍という診察結果が出た人は保険が利くんですよ」

「え……」

吐田君はまた、もやもやしていた。6割や7割の人が持っている菌を、なんでわざわざ除去する必要があるのか。

「抗菌薬を2種類、お出しします。これを1日2回1週間、飲むだけです。ただしいったん飲み始めたら毎日忘れずに、絶対に飲み続けて下さい。それから、この薬はとても強いものですから、体調が変化することがあります。胃に負担がかかりますから、胃酸の分泌《ぶんぴつ》を抑える薬も一緒に出しておきます。もしひどく熱が出たりしたら、すぐいらしてください」

胃の治療なのに胃に負担がかかるのか。やっぱり吐田君は納得できないのだった。

1日2回1週間。絶対の義務ができた。翌日から飲み始めたが、言われた通り、抗菌薬はとても強かった。その夜から胃がしくしく痛むようになった。胃潰瘍だったとしても、ピロリ菌がいたとしても、今までこんなに嫌な具合になったことはなかった。

翌日、起きたら体じゅうに蕁麻疹《じんましん》が出ていた。寝ている間にかきむしっていたようで、あちこちにひっかき傷ができていた。

それから全身のかゆみに悩まされることになった。起きている時は我慢できても、眠るとつい、かいてしまう。かけばかくほどかゆくなり、爪の先を血まみれにしてうめきながら夜中に何度も目が覚めた。

食欲もなくなった。胸焼けがずっと続くのだ。睡眠不足のせいかと思ったが、無理に食べてみると味覚がひどく変わっていることに気付いた。白ごはんが、苦く感じられる。それからみそ汁を一口すすって、流し台に吐き出しに行った。

グミコが不思議そうに見ていた。

「ごめん、おみそ汁、腐ってるよね?」

「え?」

みそ汁を飲んで、グミコは「べつに」と言った。

「普通の味」

味覚障害は続いた。次の日は丸一日何も食べずにいたら、体のふしぶしがひどく痛くなってきた。翌日からは夕食だけは無理に食べるようにした。そしたらひどい下痢になった。

ネットで調べ、同じ治療を受けている人の多くが同じような症状に悩まされていることを知った。少しほっとしたが、これをやってるとどんなに元気な人でも本当に病気になるのではと吐田君は疑った。

それでも吐田君は律儀に1週間、薬を飲み続けた。毎日仕事をしているような人だったらこんなことができているわけがないと思いながら。

その頃、カブトムシの幼虫に異変が起きた、丸まったその体をケースの壁際に寄せてくるくると回転するようになった。

土の中で回転することによって幼虫の体の周りにはぽっかりと空洞ができた。やがてその内壁は固まってきて、つややかに黒光りするようになった。グミコはこのことも既に知っていた。「蛹室《ようしつ》」というものらしい。次の変化のために丈夫な小部屋を作ったのだ。

ほとんどの幼虫が壁際にその部屋を作ったおかげで、中の様子をはっきり見ることができた。グミコは虫メガネで観察しては、スケッチを続けていた。もっと小さい頃、父の口のたびに吐田君の顔を描いていた色鉛筆で。

幼虫の損傷も加速していた。体の半分くらいが変色してしまっているものもいた。他の幼虫と同じタイミングで蛹室を作り始めたが、うまく回転できなかったようで、空洞は半端な状態で崩れた。

幼虫は冬の間に2匹死んで、10匹になっていた。そのうち1匹くらいがこのタイミングで脱落するのは仕方がない、と吐田君は思っていたが、グミコは学校の図書室で調べてきて、スポンジで手製の蛹室を作ってあげると言った。

吐田君はネットで調べ、カブトムシの蛹室を代用するなら、柔らかいものではなく、むしろ固いもので作った方が良いと知った。蛹室の内壁は、ガラスのように固くつるつるしているのだという。

カブトムシのことは今のグミコと吐田君にとって数少ない共通の話題だった。一緒に百均ショップに行き、ちょうどいい大きさのワイングラスを見つけた。

崩れた蛹室につぶされて弱っていた幼虫も、そっと掘り出してグラスに入れたら、回転を終えた他の仲間と同じように、丸まった姿勢から体を伸ばし始めた。

グラスの口はティッシュと輪ゴムで覆ったが、この幼虫がいちばん観察しやすくなった。

幼虫は数日で白色からクリーム色に変化し、全身を完全に伸ばして直立した。その姿はコッペパンのようだった。ここから、オスだったら角を伸ばし、メスなら全体が丸っこくなり、図鑑で見たサナギの形になるのだ。

ワイングラスのサナギはオスだった。その変化はほんの一瞬で起きた。

吐田君はその直前と直後を見た。ワイングラスは戸棚に置いてあった。ちらりと見てからトイレに行って、戻ってきたらもう、オスのカブトムシだとはっきりわかる形のサナギになっていた。その間はせいぜい3、4分だ。決定的瞬間を見逃してしまった。

それからはケースの側面から見えている幼虫たちにも注意を払っていたが、サナギに変化する様子は一度も見ることはできなかった。本当に一瞬のできごとらしい。

ただ、変形の最後の段階を一度だけ見ることができた。その様子から推測すると、どうやら幼虫は全身がめくれるように動いたようだ。その時、腹の内側に折りたたまれていた薄皮が、折り紙の風船に息を吹き込むように大きくなっていく。オスのサナギなら、頭の先から角の形に飛びだしていくわけである。

この段階まで、中身はすかすかだ。特に細長く伸びた角のあたりに、液体が流れ込んでいく様子がわかった。みっちり詰まると、それから色がこんがりと焼かれているように変わっていって、2時間ほどで琥珀《こはく》のような色合いになる。溶岩のようにでこぼこした、しかし表面はつるんとした、なんだかビニール製の怪獣フィギュアのような物体が、できあがる。

グミコと一緒に大きな図書館に行った。グミコは昆虫の生態についての書籍がまとまった棚の前で、立ったり座ったりしながら半日、いろいろな本をめくっていた。

吐田君も何冊か選んで、閲覧室で読んだ。

とても興味深い記述に出会った。

完全変態する昆虫は、サナギになる時、いったん細胞レベルまで分解される。どろどろになってから、型に流し込まれて成形される。その際に、体に負った傷は、全て、消える。それだけではなく、記憶したことも、忘れる。DNAつまり分子レベルの情報だけを残して完全に生まれ変わるのだ。

なぜ昆虫が変態するかというと、生活の場所を変えるためだ。それまで土の中に潜っていたのに、それからは空を飛ぶようになったりする。体の機能を一変させる以上、それまでの記憶があったら、かえって邪魔なのである。だから、完全なリセットが、必要なのである。

土の中にいた頃の記憶は重すぎる。それを抱えたままでは、羽ばたけない。

人間だって、長すぎる時間は重すぎる。生きているといろいろな苦しみや憎しみが心にたまっていく。それが心と体を重くする。

たとえば大人になる時に1年くらい引きこもって、サナギになって、リセットできたら。全て忘れてしまえたらいいのにと吐田君は思う。

けれど人間が記憶をリセットできるのは、死ぬ時だけだ。

良い記憶も悪い記憶も全部抱えて、生き、死んでいく。

ただ、自分が生きている間に子供を作り、記憶の一部を受け渡すことができる。あるいは、あえて、受け渡さないことも。

吐田君はグミコに、自分のことはあまり話さない。特に子供時代のことは全て無駄な記憶だと、死ぬ時に自分の脳細胞と一緒に消え去るべきものだと思っている。

いや親という存在そのものが、脱ぎ捨てられた抜け殻程度のものなのだ。本体は、子供にある。

親は子にものを教えすぎない方がいいのだと吐田君は時々自分に言い聞かせていた。時代は進む。世界は変わる。知識は時に邪魔になるのだ。

幼虫と、サナギから出てきた成虫が、ひとつながりの同一個体ではないのと同じように、親と子供は同一人物ではない。それを理解できないと、子供の人格を認められず、縛り付け教えすぎ指図しすぎて失敗するのだ。

吐田君の母親は、あの鬼のような女は、長男を、吐田君の兄を、自分の延長であるかのように溺愛していた。それは病的なほどで、長男にかまけて吐田君には食事すら与えないことがあった。


「何しているんですか」

敬語だ。けれどグミコから話しかけてくるのは最近では珍しい。

「パン」

「イースト菌なら残ってますよ」

「ホットケーキミックス使ってるから、いいんだ。そのイースト菌はまた来年使おう」

吐田君の料理は簡単なものばかりだ。食事は総菜を買ってくれれば不自由はないのだが、一緒に作ることが楽しかったから、グミコの成長に合わせて、いろいろ調べて、試して、吐田君も覚えていった。

「ホットケーキじゃなくて、パンなの？」

「そう、ムシパン」

「虫のパン？」

「はは。いいね、虫のパン作ろう」

「虫の？　ああそうか、なんだ蒸しパンか」

「ううん、今いいこと考えた。あのね、ちょっと手伝って」

「何を」

「まず、工作だね」

キッチンの窓際に牛乳パックが束ねてあった。分別ゴミで出すつもりで洗ってばらしておいたものだ。

吐田君はその厚紙を、ハサミで同じ幅に切っていった。

「何やってるの」

「グミコも手伝って」

グミコは興味津々の様子だった。

「これをこうして」

吐田君は帯状になった厚紙を折り、枠組みを作った。

「ほら、これ、ネコ」

大皿に敷いたクッキングシートの上に、ネコの顔の形の枠を置く。

「この中にさっきの生地を流し込んでチンしたら、ネコの形の蒸しパンのできあがりってわけ。だから、ほら、型さえ作れば、他にもいろいろ」

「そっか。それで虫の形作れば、虫パンね」

型作りはグミコに任せることにした。

「よし。いろんな虫を作るぞ」

もともとこういう工作が大好きな子だ。けれど、いくつかの形を作りかけては、悩んでいるようだった。

「アゲハとかカマキリは無理かな。細いところがあると流し込めないよね」

「一筆書きで、大きく作らなきゃ。ずんぐりした形の虫がいい。カブトムシ作ってよ」

「マンガっぽく太っちょに作ればいっか。角も太く。脚は無理かなあ」

「あ、そうだ」

吐田君は棚からポッキーを出してきた。

「脚はコレを刺せば？」

結局、大きなカブトムシを2体、作ることにした。電子レンジで加熱して、型から抜く。丸っこいのが、メス。それに角がはえているのが、オス。

冷蔵庫でしばらく冷やしてから、グミコが2体の表面にたっぷりチョコソースをかけた。壁を塗装するように丁寧に、まんべんなく。

チョコはすぐに固まった。それから6本ずつ、ポッキーを刺した。

「おー」

それで一気に、カブトムシになった。なかなか見事なできばえだった。

紅茶をいれた。食卓で向かい合う。

「食べなよ」

「なんかもったいなくて」

「またいつでも作れるよ。友達来た時、みんなで好きな形を作ってみたら。タイの形なら、タイヤキになるし。タコならたこ焼き」

「違う。たこ焼きってタコの形してないよ」

グミコは笑った。二人でこんなふうに話したり笑ったりするのはひさしぶりだ。

「ケイちゃんだったら絶対ミッキーとか作るよ。洋《ひろし》くんだったら妖怪系。けど型を作るのは難しいね。ちまちましてるのはうまくいかないかな」

「細かいとこはチョコでかいちゃえばいいってわかったじゃない。……何考えてるの？」

「うーん、不思議だな、って。材料は一種類なのに、なんでも作れちゃうって。人間も、足を引っ張れば足が伸びたり、鼻を引っ張れば鼻が高くなったりしたら、いいのにね。どうして、そうじゃないんだろう」

「人間の材料は一種類じゃないからね、骨があったり、場所によっていろんな内臓があったり」

「けどススムさん、前に、人間のどんな部分の細胞にも全身の情報が入っているって言ってたじゃない」

クローン技術がテーマのテレビ番組を一緒に観た時に話したことだ。人の細胞のひとかけらから一体の人間を作り出せる、ということについて説明したのだった。

「そうか。いったんどろどろになれば、人間も、どんな形にもなれるかもしれないね」

「うん、カブトムシみたいに」

同じことを考えていた。カブトムシは幼虫からサナギになる時に、一度どろどろになって、DNAレベルまで分解されて、型に入って、また固まるのだ。

「けどさ、カブトムシって、どんな形にでもなれるのに、なぜ必ずカブトムシになるんだろう」

「もしかしたらいろいろ悩んでるかもね。アゲハもいいかなとか、カマキリもいいなとか。けど結局、カブトムシになるんだ。グミコはいったんどろどろになれるとしたら、どんなになりたい」

グミコは目をくるくるさせながら黙っていた。何を考えているか、もう吐田君にはわからない。

「グミコ、夏休みの自由研究、ススムさんにアイデアあるんだけど」

「カブトムシの観察日記でしょ」

「それでもいいんだけど、すごいこと思いついちゃった。カブトムシ盆栽っていうんだ」

「また変な話しようとしてる」

「カブトムシってサナギになる時にいったん溶けるじゃない。蒸しパンみたいに型を作って、そのどろどろを流し込めば、好きな形のカブトムシが作れるんじゃないかな」

角の形の薄皮の中に流れ込んでいった液体のことを思い出しながら吐田君は話した。

あのどろどろクリームを、固まる前に太めの注射針でちゅうっと吸い取って、作っておいた枠組みに注入すれば、その形に固まって、その形の生き物になるはずではないか。

「角をすごく長くすれば、世界一長いカブトムシ作れるし。クワガタの型なら、クワガタの形のカブトムシになる」

グミコはあきれた顔をしていた。吐田君が本気なのかふざけているのか、わからなくなった時の顔だ。

膵臓ガンの再検査日。

最初に疑いを宣告されてから1ヶ月以上が過ぎていた。その間にガンとは全く関係のない胃の検査や胃の治療を受けて、吐田君はすっかり弱っていた。けれどがんばって指示通りまた前の晩から飲食を止め、朝一番に病院に行った。

また、ずいぶん待たされた。病院側が指定した時刻に行って、待たされるのはどういうことなのだろう。最初から、確実な時間を指示することはできそうなものなのに。

吐田君は空腹を抱えて待合室で3時間待った。

やがて診察室のドアが次々と開いて、それぞれから医者や看護師がいっせいに出てきた。待合室でじっと座っている十数人の前を、談笑しながら彼らは大股《おおまた》ですたすたと歩いていった。

吐田君は目を疑った。彼らは、患者をそこに待たせて、昼食に行くのだ。

検査は昼すぎから始まった。

説明は特になく、医師からばさっと書類を渡された。

「CT・MRI　検査説明・同意書」というものだった。小さな字がぎっしり並んでいた。

医師はいらだたしげに指を伸ばしてきて、吐田君が覗き込んでいた書類の上をとんとんと叩いた。

「こちらにサインを」

「ええと」

ざっと読むと、検査の過程で体に異変があっても病院に対して責任を追及しません、という誓約書のようだった。こういうものを書かされるということは知ってはいたが、さすがに少しは不安になる。

「これからどういう検査をするんでしょうか」

「書いてありますよね。CTです」

「シーティーというのは」

「コンピューター断層撮影の検査です。内臓をスキャンするんですよ。腫瘍を調べます。悪性だったり、良性でも膵頭部にあったりすると危険ということになりますから」

つまり胴体を輪切りにした写真を撮るということだろうか。

サインをする。名前の次に「緊急の場合の連絡先（家族等）」という欄があった。

もし何かあった時、誰に連絡してもらえばいいのだろう。家族はグミコしかいない。

吐田君の手が止まる。心がこわばる。この検査のことだけではない。もしガンで自分が死んだら、グミコはどうなる。

ＣＴスキャンの設備は病院の本館から20メートル程度離れた別館にあった。雨が降っていて、通路には屋根はあったが風が強く、とぼとぼ歩いているうちに吐田君はずいぶん濡れた。

スキャンの前に、造影剤というものを注射された。血液に薬品を混ぜることにより、血管や血流の状況が画像に写りやすくなるのだという。

太い注射器を刺された。結構な量の液体だった。その痛みは大したことがなかったが、針を抜かれて数秒後に、がつんと腹に衝撃があった。内臓の一部が固まって跳ね上がったような感覚だ。

そして視界がくらんだ。体がかっと熱くなった。熱いのに、ぞわっと鳥肌が立つ。

胸を押さえてうつむいていたら、看護師が言った。

「ああ、これちょっと体に合わない人がいるんですよ。まあ多分大丈夫ですけど。本当に立っていられないほどになったら言ってください」

「はい」

唇がむくむく腫れてくるのがわかった。喉がぜいぜい鳴っている。

「よろしければ検査室に移動してください」

ここは病院だ。何かあったら助けてもらえるはずだと自分に言い聞かせて、吐田君は立ち上がり、看護師にせき立てられるように次の部屋に進んだ。

よくテレビの医療ドラマで見る設備だ。小さなベッドに横たわった状態で固定されて、巨大なドーナツのような機器の穴にゆっくりと差し込まれていく。


1時間ほど待たされてから診察室に呼ばれた。医師はパソコンに吐田君の輪切り画像を表示して自分一人でふんふんと頷いていた。

「腫瘍はあるようですね」

「じゃあ、やっぱりガン……」

「いや、ガンなのか、というか悪性なのか、これだけではわかりませんね」

えっ、と吐田君は首をかしげた。わかるようにするために、今日は検査したのではなかったのか。

「再検査ですね」

「ええと、今からですか」

「いいえ、日時については後ほど、お伝えします」

「また……」

また来るのか、この病院に。思わずため息をつく。

「次は超音波の検査になります。念のためですがうちは放射線の検査は続けて行わない方針ですので、ご安心ください」

「放射線の検査は体に悪いんですか」

「いや、ただちにどうのこうのってわけじゃないですけどね」

今日の検査が放射線を使ったものだということも聞いていなかった。

無意味な一日だった。膵臓ガンの可能性がある以上、わけがわからないけれど医者の言う通り、また来て、また検査を受けるしかないのだった。

造影剤のせいで悪くなった体調は夜になっても治らなかった。悪寒がするし、頭も痛い。病院に行こうかと思ったくらいだ。

6月4日はもしかしたら「ムシの日」だったかもしれない。そうでなかったとしても、吐田君とグミコにとっては忘れられない記念日になった。

カブトムシがいっせいに羽化したのだ。土の中からぴかぴかの成虫が出てきた。

棚を見に行ったら、ワイングラスの中のサナギもじたばたと殻を脱いで、成虫が出てくるところだった。

オスが5匹、メスが5匹。どれも、磨き上げられた金属のように美しかった。グミコに、オスの持ち方を教えた。長い角ではなく、その後ろの短い方の角をつまむように持つのだ。

そのままグミコの手の甲に乗せたら、痛い痛いと笑いながら身をよじった。サナギから出てきたばかりの成虫は全身のすみずみまで鋭利だった。


6月末。また病院に行った。また、すごく待たされた。

覚悟はしていたが、この日の超音波検査にもほとんど意味がなかった。

「腫瘍については、はっきりとはわかりませんでした」

また、初対面の医師が担当だ。

「えっ。ガンは無かったということですか」

「いいえ見つからなかっただけで無いという意味ではありません。膵臓は奥まった場所にありますからねぇ。調べるの大変なんですよ。画像検査では1センチ以上の腫瘍でないとそれが悪性のものかどうかを判定することはできないんです。だからこれで早期のガンを見つけることはできません、そもそも」

「そもそもって」

じゃあ、なぜやったんだ、この検査を。吐田君は思った。

「ええと」

吐田君は疲れ果てていた。

「次は、どうすればいいんですか」

「はい、さらに調べましょう。ＣＴないしＭＲＩを受けて頂いて」

「ＣＴはもう受けましたけど」

「もう一度です。膵管の状態や、周囲の小囊胞《しょうのうほう》についても調べて……」

ＣＴを受けるということは、また被曝《ひばく》するということだ。

「ええと、教えて頂きたいのですが、それで、その後さらに次の検査が必要ということになったら」

「ええ、それでもわからなかったら、腹腔鏡《ふくくうきょう》検査を行うことになります。針生検という方法で」

「はりせいけん？」

「Ｘ線で位置を確認しながら、長い針を腹部に刺し込んで、膵臓から組織を摘出します。それを顕微鏡で観察して、ガンの徴候を調べます」

胃の検査の時、胃壁から引きちぎったように、膵臓から組織を取る。しかも今度は針を腹に突き刺して。吐田君は寒気がした。

「あの、もうガンだってことにしてガンの治療をして頂くってわけにはいかないですか」

「いきませんね」

そこまで話したところで、看護師が入って来て医者に何かをささやいた。

「ああ」

頷いて医者は立ち上がった。

「以上です」

そして吐田君を手で追い払う仕草をした。


詳しい検査結果は後日郵送でお届けします、ということだった。その結果をもとに、次回検査の内容や日程などを決めてお知らせします、と。

それから3週間過ぎた。何も送ってこない。

そういえば、胃のピロリはどうすればいいのか。言われた通り、薬は全部飲んだ。その次はどうすればいいのだろう。

さすがに、電話してみることにした。

この時また、不可解なことがあった。病院に電話したら、日本語がうまく通じない人が出たのだ。

「はい。○○病院でします」

「あのう、私、そちらで6月下旬にガンの検診を受けた吐田進と言いますが。検査結果について教えて頂きたいのですが」

「はい」

「……」

「はい、どうですか」

「ええと、ガン検診についてです。わかる方に代わって頂けますか」

「ガン検診、わかりかたです。どうですか」

「そちらは○○病院ですよね、問い合わせたいことがあるんですが」

「いいですよ、どうぞ」

「そちらでガン検査を受けたのですが」

「検査うけたかたらくればいいです」

「いや、もう受けたのです」

「受けました」

「その結果をですね、知りたいのです」

「知りたいでしたら、くればいいです」

「結果は郵送で頂けると伺ったのですが」

「ゆうそう？」

「すみません、別の方に代わって頂けますか」

「はい、わかりますでした」

「……」

「……」

「あのう、もしもし？」

「なにですか」

「ええと、日本語、わかりますか」

「わかります、日本語、わたし、少しです」

病院というものは役所や学校のような、しっかりしたところだと吐田君は信じていた。だからこの状況がうまく飲み込めなかった。

そもそも、電話は苦手だった。この時点で、かなりのエネルギーを使い果たしてしまっていた。

運が悪かっただけだから、時間をおいてもう一度電話すればいいのか。

もしくは、「くればいいです」と言われた通り、また病院に行って、直接聞けばいいのか。

しかし……行って、どうなるだろう。また何時間も、待たされる。

そしてまた同じような検査を受けて。

また電話で問い合わせして。

そう考えるうち、吐田君はなんだかもう体に力が入らなくなっていた。

病院に行かないとしたら、やらなければいけないことは、死ぬ準備だろう。

死に方はどうでもいい。死ぬことはこわくない。悩むのは、たった一つ。グミコのことだった。

吐田君には多少の貯金があるし、生命保険にも加入している。ざっと計算してグミコが大人になるまでのお金はぎりぎり大丈夫だと思う。

ただそれは計算上のことで、実際にはどうすればいいのか、考えると、難しい。

吐田君には身寄りがない。友達もいない。

ネットを調べると、一人親でガンになったという深刻な相談例は多く見つかった。ただ専門家によるアドバイスは全て、子供を引き受けてくれる親族がいることが前提のものばかりだった。

信託預金という方法を見つけ、吐田君はメモをとった。保護者が死んだ後、貯金を毎月分割して、学費や生活費として、学校や本人に振り込むようにしておける仕組みだ。

吐田君は考える。あと何年、生きられるか。

死ぬのが1年後だったら。グミコはまだ小学生だ。しっかりしている子だとは思うけれど、お金を管理しながら一人暮らしするというのは無理だろう。施設のお世話になるはずだ。たいていの施設は、18歳になった時に出る決まりのようだ。その時点で、信託預金からお金を渡す形になるだろうか。

高校を卒業して就職することが現実的だが、貯金を学費にあててアルバイトをしながら大学か専門学校に行くこともできるだろう。

死ぬのが3年後だったら。中学に入るところまで見届けられる。だとしたら、別の選択肢もある。中高一貫の、寮のある学校に入れておくのだ。

卒業する時には18歳だ。それから働くとしても、進学するとしても、後は自力で生きていけるだろう。

もちろん寮があったとしても、親がいなかったらいろいろと不自由な思いはさせることになるだろうが、学校の理解さえ得られれば、人並みに過ごすことは不可能ではない。

吐田君は自分のことを思い出す。

吐田君は高校から、全寮制の学校に行った。親が離婚して、完全に居場所がなくなったことが一番の理由だった。

だから入学して家を出てから、もうほとんど親とは会わなくなった。

親は吐田君のことを忘れかけていたようで、学費も寮費も遅れがちだったが、カトリック系の、別の県では孤児院も経営しているような学校だったからか、事情をよく理解してくれて、その点はとても助けられた。

夏休みなど、同級生達が大喜びで帰省する時季も、特別に寮に残らせてもらっていた。

高校はアルバイトが禁止されていたが、吐田君は毎週土日、夕方から夜遅くまで働いた。1年生の頃は焼鳥屋で、2年生からはスナックで。

住む場所と三食は保証されていたが、日常で最低限のお金はかかる。それに、少しでも貯めておきたいと思っていたのだ。

卒業の間際、東京にいる兄から連絡があった。上京するなら自分のアパートに来ればいいよと言ってくれたのだ。

うっかりしていた。信じるべきではなかった。吐田君は3年間貯めた25万円を持って東京に出てきた。兄は親から仕送りを受けながらぬくぬくと遊び暮らしていた。毎年東大を受験し続けて、3浪か4浪目だった。

やはり、だまされた。その兄に25万円全額を盗まれ、すぐにアパートから追い出された。

ただし、そんなことがあったおかげでその兄と、人間のクズと手を切ることができたわけで、今考えると25万は安かった。それに東京は無一文からでもやり直せる場所だった。吐田君がどうやって生きのびたか、それにはそんなに悲惨ではなく面白い話があるのだった。

けれど今は昔のことを思い出している場合ではない。

大事なのは今のこと。あるいは数年後のことだ。

「グミコ、将来のこと考えている？」

「べつに」

「中学受験するなら、そろそろ塾とか」

「べつに」

「中学から家を出てもいいんだよ。寄宿舎のある学校に入れば」

グミコが本から顔を上げて、こっちを見た。

「どういう意味」

「べ……べつに」

「この家を出てけってこと？」

吐田君は困る。困ってしまう。相手は、グミコは、もう子供ではない。けれど、大人でもない。全てを話すわけにはいかない。


二人はちょっとぎくしゃくしていたけれど、今年の夏休みの旅行は決まっていた。それを二人とも、楽しみにしていた。

カブトムシたちを一つのケースにまとめ、バッグに入れて、栃木の山地に行くことになっていた。

有名な観光地ではなかったが、思いがけないほど素晴らしい景色を楽しむことができた。天気にも恵まれた。温泉旅館に泊まり、2日目の早朝から、山に登った。

山道から森に入って、ここならという場所を見つけた。そこでケースを開けた。

カブトムシたちは世界の広さにとまどっている様子だったが、順に木の幹に置いていくと、皆すぐに、ものすごい勢いで登りはじめた。やがてそれぞれ幹の途中でふと止まると、むっくりと羽根を持ち上げた。そしておもむろに羽ばたき、ふわありと浮いた。

自分が飛べるということを、思い出したのだ。いや、それに初めて気づいたということだろうか。

別れを寂しがるかと思っていたら、グミコは大はしゃぎしていた。小さい頃に戻ったような無邪気な表情で、手を叩いた。もたもたして逆走するカブトムシの向きを変えてあげたりもしていた。

吐田君も、すっかり忘れていた記憶が蘇《よみがえ》ってきていた。

以前、オオトラフコガネという昆虫を飼っていたことがあった。

カブトムシのように大きくはなかったが、金色に輝く甲虫だった。グミコが生まれた次の日に、それを森に逃がしに行ったことを、思い出していた。

　グミコはカブトムシの観察をずっと続けていた。夏休みの後半、大量のスケッチと作文を見せてもらって、吐田君は驚いた。

　それを一冊にまとめたいという。吐田君は文房具屋に行ってスクラップブックを買ってきた。絵や文を切ったり貼ったり、さらに書き足したりする作業を、グミコは毎日続けていた。

　そしてグミコの自由研究は完成した。吐田君は「カブトムシの観察日記」というタイトルを予想していたが、違った。

「カブトムシのフンの研究」だった。

　ただタマゴから成虫までの成長を追ったものではなかった。その過程でカブトムシが排出するフンが変化することに注目していた。

　特にサナギになる前の様子が詳しく説明されていた。幼虫はぐるぐる回転しながら土の中にカプセル状の空洞を作るのだが、それまで錠剤のように固く小さかったフンが、その時だけ液状に変わる。それはスプレーのように勢いよく噴射され、空気に触れるとすぐに固まる。つまり回りながら幼虫は周囲の壁を塗装していくのだ。そのおかげで、まるでチョコレートのような、固くてつるつるの蛹室ができあがる。

　その様子が、細かいスケッチを交えて詳しく記録されていた。一緒に観察していたつもりの吐田君も気づかなかったことだし、図書館で調べたどの本にも載っていなかったことだ。感心するしかなかった。

そんなある日、死神と、また会った。すいた電車で真向かいの席に、黒ずくめのやせた男が座っていた。鋭い視線でこちらを見ていた。目があった瞬間相手がにやりと頷いて、吐田君はあっと声を上げそうになった。

間違いない。病院の待合室で見た、廊下で手招きをしていたあの男だ。あの後、吐田君はガンと言われたのだ。

「待ってくれ」

と、吐田君は言いたかった。今は困る。もう少しだけ生きさせてほしい。

ところが先に口を開いたのは相手だった。

「吐田だろ」

目を丸くしていたら、相手は腰を上げ、吐田君の目の前に立った。

「高校の、ほら、同じクラスだった」

「赤井《あかい》か！」

「吐田、今何やってる」

「ニートだよ」

「ははは、ウソつけ」

「赤井は？」

「医者だよ。内科だ」

病院にいたのは、仕事だったのだ。吐田君は納得ができた。

「お前、文系じゃなかったっけ」

「ああ、大学で学生運動にハマって、長いことバカみたいな市民活動やってたんだが、無医村問題と関わってね。あれこれ口だけで大騒ぎしてる自分が情けなくなって、勉強し直して、30過ぎて医学部に入った。それからまあいろいろあってね。どうしてもやっておきたい研究があって今は国立の施設にいるんだが、来年の4月までには一段落つけて、離島に行くことになっている」

「前に、病院で会った」

「ああ、やっぱりお前だったんだな。同期の友人が俺の専門分野の患者を抱えているとかで、相談に乗りに立ち寄ったんだ。手を振ったけど変な顔をするからね、人違いだと思って引っ込んだんだ」

乗り換えの駅が同じだった。赤井に誘われ、コーヒーショップに入った。話は、吐田君の健康状態のことになった。聞かれるまま、この数ヶ月に体験したことを喋った。赤井はしばらく黙って考えてから、スマホを操作し始めた。

「吐田、明日忙しいか」

「暇だけど?」

「早いほうがいい。明日の午前中、時間をくれ」

大学病院だった。受付で名前を言うとすぐに案内された。簡単な問診と触診の後、血液を採取され、後はパソコンのマウスのようなもので腹をぐりぐりと押される腹部超音波検査で、終了した。あっという間だった。

その後もさほど待たされることなく、診察室に呼ばれた。

「問題ありません。お年のわりに健康ですね」

「えっ。じゃあガンは……手術とかは？」

「ガンですか？　確かに膵臓に少し影が見えますし、胆嚢には良性のポリープがありますが、今のところは大きな問題ではありません。特別な治療や手術の必要もないですね。念のため半年後に経過観察を受けて頂きたいですが、現状はさほど心配されるようなことはありません。あ、終わったら赤井先生がお話ししたいとおっしゃっていたのですが、呼んでもいいですか」

「はい」

赤井は白衣姿だった。担当の医師と少し談笑してから、吐田君の肩をぽんと叩いた。

「安心したかい」

一緒に診察室を出て、病院内のカフェテリアに向かう。

「俺はガンじゃないのか」

「結果、聞いただろう。あの医者は若いけれどこの世界では権威だよ」

「前の病院では、だまされてたってことか」

「いや、それはなかなか難しいとこでね、ガンではないとも、だまされていたとも、言い切ることはできないんだ」

「どういうことなんだ」

「人間の体ってのは複雑なんだ。全ての人が、ガンではない、とも、ガンだ、とも言えるんだなこれが」

「……」

「ガン細胞は健康な人間の体の中にだって毎日5000個は生まれては消えたりしているという説もある。検査の技術は進歩している。昔だったら見過ごされていたようなガン細胞を見つけてしまう。とことん厳密に検査してほしい、と言われたら、大抵の人間はガン患者だということになる」

吐田君は狐につままれたような気持ちだったが、赤井は丁寧に教えてくれた。

「完全完璧な人間なんてものはありえない。健康と病気の線引きは、その線引きをする人次第なんだよ。例えば100年前の日本人は今の線引きでいえば7割が感染症患者だった。それくらいの人々が腹に寄生虫を持ってたからね。ええと、ここからの話は、医師としてではなく、お前の友達として言うことだ。軽く聞き流してほしいんだが」

赤井は少し声量を下げて続けた。

「患者を〝カモ〟と見る医者も、いないわけではないんだよ。そしてガンは特別なんだ。見つければ、たいがいの人はいいなりにいつまでも金を払ってくれるようになる。もちろん普通の人はそんなに金は出せないが、日本は保険制度が発達している。国民からまんべんなく吸い上げてる金からジャブジャブ払ってもらえるってわけだ。何千万かかる先進医療も、医者が勧めれば受け入れる人が多い。藁《わら》をも摑《つか》む気持ちでね。ガン患者一人家一軒、なんてことを言う医者もいるんだよ、本当にね。売上げを伸ばしたければガンをたくさん見つければいい。それは、恣意的にできる。ガンの定義を厳密にすれば、それだけ患者数は増えるんだからね。ひどい病院はどこまでも食いついてくる。検査でだって保険料をたっぷり稼げる。終わったらまた次を、いやまだ足りないもう一回、と勧めてくることになる」

吐田君は、この数ヶ月に、あの病院で体験していたことを思い出していた。その表情で察したように赤井は続けた。

「病院によっては医師一人一人の営業成績をつけて、プレッシャーをかけているところもある。セールスマンみたいにな。医者だって商売だからね。悪気があってやってるわけじゃあ、ないとは思う。それに、どこまで検査や治療を受けるのか、最終的な決定権は患者の側にあるんだ。お前だって自分で決断して、切り上げただろう？」

「いや、決断したんじゃなくて、ただ疲れて逃げ出しただけだよ」

「そういうことも、普通の人はできないものだ。あなたはガンの可能性があると言われたら、大抵の人は、とことん検査を受けて、とことん治療をしようとする。がんばれば、がんばり続ければ、なんとかなるとみんな信じている。しかしね、完全な検査、完全な治療なんてものは、ありはしないんだ。むしろ検査や治療で命を縮めることもある。外科手術に至っては、それだけで死んでもおかしくない大ケガと同じだ。抗ガン剤や放射線はガン細胞を殺すものだが、健康な細胞だってダメージを受ける。ガン細胞と言ったって、すべてがすぐに致命的なものになるわけじゃない。転移しない、放置しても問題ないものもある。けどね、やるんだよ。今の医療はね、関係ない部位にまで薬をぶっかけ放射線を当てて焼きつくして切り刻もうとする」

「そんなことを医者が言うなんて、ちょっと信じがたいな」

「ああ。俺の場合はおっさんになってから医者になったせいで、ちょっと慎みが足りないのかもしれん。ただな、白衣着てたくさんの患者と会ってみてわかったんだが、みんな、自分だけは無限に生きると思っているんだ。90超えたじじいがガンの治療をしたがる。90歳で余命が伸びたところでどうなんだと思うけど、それでも、やりたがる。どうかこの体をメスで切り刻んで、放射線で焼いて、長生きさせてくれと頼み込んでくる。医者だけじゃない、患者だっておかしいんだよこの国は……悪い、つい熱くなっちまった」

「いや、ありがとう。面白いよ」

「つまりな、今のお前は、ガン患者とも言えるけど、ガン患者でないとも言える。一つ断言できるのは、あわてて右往左往する必要はない、そんな状態だってことだ。妙な言い回しで、すまないが」

「わかるよ。それで十分だ。最悪の場合でも、あと5年は生きられるかな？」

「保証はできないぞ。人間いつ何でおっ死ぬか、わからんからな。けどガンのことならまあ大丈夫だろう」

「ならいいや。5年あればなんとかなる。10年あれば御の字だ」

「はは、わかった。子供がいるんだな。かみさんはなんて言ってる？」

「それが、独身なんだ。一人で育てている」

「なるほどね。かみさんに逃げられたんだな。今いくつだ」

「小学校5年。女の子だ」

「女の子ならあと5年もすれば立派な大人だな。なあ吐田、子供ってどんな感じだ」

「ああ、可愛いよ。好きだよ」

「好きなのはわかるよ。どれくらい好きなんだろう。俺みたいに親もいない、家族もいないと、そういうことがちょっとうまく想像できなくてね」

「なるほど。ええと、そうだな。赤井、今までに一番好きだった人、思い出してみな。肉親じゃなくてもいい」

「うーん。昔つきあった女かな。いや、芸能人でもいいか。昔夢中になってたアイドルの……」

赤井は冗談を言っている口調ではなかった。

「それでいい。その人が、今まででー番なんだな？」

「ああ、そうだ」

「その人よりも、ほんのちょっとだ」

「えっ？」

「今まで一番好きだった人より、ほんのちょっと好き、くらいだ」


玄関を開けると、いい匂いが漂ってきた。

グミコが先に帰っていた。ホットケーキミックスでまた珍妙な形のお菓子を作っていた。

「ススムさん何がおかしいの」

そう言うグミコも笑顔だった。

それで気づいた。こっちが笑っていたら、グミコだって笑う。

グミコが最近笑わないなあと思っていた。それは自分が笑ってなかったということだった。

「あのさ……」

話すことはなかった。そもそもガンになったかもしれないという話も、してないのだ。

「そういえば、なんか来てたよ」

吐田君はポストから持って来た大きな白い封筒を、グミコに見せた。

「ん？　……科学館からだ」


年が明けた。吐田君はグミコの服を新調した。グミコが、大の仲良しの女性教師にアドバイスをもらって決めたワンピースだ。新しい靴も買った。

吐田君も、慣れないスーツを着て、ネクタイを締めた。

そうして二人で、科学館に出かけた。

授賞式だった。グミコの自由研究が〝小学生科学コンテスト〟で最優秀賞をとったのだ。

賞がとれたことより、それから始まった大騒ぎにグミコも吐田君も驚いた。科学館に直接応募したのに、受賞の知らせは小学校にも入った。吐田君のところに校長先生から、興奮した電話が入った。吐田君がどぎまぎ対応していたその頃、小学校では校内放送でグミコの偉業が告知されていたらしい。クラスが大騒ぎになった。先生からほめられ、友達からはやし立てられ、しまいには胴上げまでされそうになったという。

それだけではない。翌週なんと新聞記者が家まで来た。地方面だったけれども、カブトムシの絵を掲げたグミコの笑顔が大きく載った。

その記事が拡大コピーされて小学校の玄関に貼られ、グミコはもはや困ってしまっていた。

会場は科学館のホールだ。その入り口で、受賞作品を掲載したパンフレットが配付されていた。その表紙は、グミコが描いた、蛹室の中で回転するカブトムシの幼虫の絵だった。二人同時に噴き出した。理由は、うまく言えない。二人だけの世界のものだと思っていたたわいもない日常が、こんなふうに大々的に日の目を見ている状況が、むしょうにおかしいのだ。

壇上にはいろいろなタイプの優等生が並んだ。低学年の部の受賞者は、七五三スーツの男の子で、ぱりっと白いシャツの首をしきりとかいていた。おそろいのブレザーの五人組は、私立小学校の科学クラブだ。グループ研究が受賞したのだった。サッカーのユニフォーム姿で来ていた少年はサッカーボールのスピードと回転について研究していた。

グミコが代表で賞状とトロフィーを受け取り、短いスピーチをした。カブトムシは最初は父親と近所の雑木林で捕まえました。東京にも、探せばたくさん自然はあります。そんなことをしっかりと喋った。

照明のせいか、グミコはいつもより大人っぽくて、ちょっとだけ遠い存在に見えた。吐田君が感じていたのは、誇らしさというより、なんというか、心地よさだった。こんな友達がほしかった、と思った。昆虫好きで、読書好きの。そんな友達がいたらよかった。

いや、今からでも、なれるかもしれない。

親子の絆なんて、永遠に続くものでない。親子だって、いつか親子じゃなくなるなんてこともありえると、吐田君は知っている。

けどね、もし、親子としてうまくいかなくても、友達としてつきあっていければいい。

親友として、やっていければいい。

そんなことをずっと考えていたせいで、吐田君は失敗した。

授賞式の後、展示コーナーで他の人の作品を見ていたら、一人の老婦人がグミコに話しかけてきた。別の受賞者の学校の先生のようだ。それも理科の先生らしくて、カブトムシのことをあれこれ聞いていた。吐田君はぼんやりと立っていたが、老婦人はふとその存在に気づいて、会釈してきた。

「おめでとうございます」

「は、はい」

「ご親族の方ですか？」

「はい、親友です」

「えっ？」

あ、いや、その、と慌てていたら、隣でグミコが噴き出した。

「そうです。私達、親友です」

老婦人は首をかしげた。

グミコは笑いながら、続けた。

「この人ね、私の親で、友だから。おやともです。親友ってわけなんです」

後書き

本書を読んで頂く上で必須なことではありませんが、吐田家（父：吐田進、長女：吐田ぐみ子）の事情について、少しだけ補足しておきます。

吐田進君はあまり幸福でない少年時代を、全身傷だらけになりながらなんとか生きのびて、一人で上京して、一人で大人になりました。

そのままずいぶん長いこと一人ぼっちでした。鬱《うつ》病を患ったり、薬に溺《おぼ》れたりしたあげく、ちょっとしたお金を手にしたことを機に、残りの人生を「ひきこもり」として続けることにしました。

ぎりぎりの空間で、ぎりぎりの出費で、寿命いっぱいまでの時間をやり過ごす。彼にとってそれは「死ぬこと」と「生きること」の間の選択肢でした。

ところがそんな吐田君の部屋にある日、メグミさんという女性がやってきます。吐田君はその人に心を開きます。約束をして、薬をやめます。それからメグミさんは満月の夜を選んで繰り返しやってきて、やがて子供を身ごもり、出産し、そして亡くなります。吐田君が30歳の頃のことでした。

社会との接点をすっかり失った身ではありましたが、彼はぐみ子と名付けたその赤ん坊を、自力で育てると決心します。

そこまでのいきさつを、『吐田君に言わせるとこの世界は』という小説にまとめたことがあります。今は絶版で再版予定はありませんので、その中から二人の、吐田君とグミコさんの出会いのシーンを引用しておきますね。

ドアが開いた。

細長いベッドが先にそろそろと入ってきた。

その上でメグミは笑顔だった。頬が真《ま》っ赤《か》に染まり、髪はぼさぼさだったが、目は輝いていた。風呂から上がったばかり、という感じだった。

その後ろから、白いふかふかの布地を抱いた看護婦が、おごそかな足取りで入ってきた。

タオルにくるまれていた。

それが、人間だった。

小さな小さな、赤ん坊。

泣いても笑ってもいなかった。ただ目をぱっちりと開けていた。なんだか冷静沈着という感じだった。

その時、吐田君の世界が変化した。確かに変化した。

まず周囲のありとあらゆるものが色を失い、輪郭《りんかく》を失い、ゆっくりと消えていった。ベッドの上でぐったりしているメグミも、ベッドを押しながら可愛いお嬢さんですよと告げている看護婦も、自分の抱いている白い布地の内側を吐田君に向けてくれている看護婦も、部屋のテーブルもイスもＴＶもドアも壁も、この建物も、この世界も。全てのものが彼の前から消えた。

世界に、赤ん坊と、吐田進だけになった。

赤ん坊の目が、くるりと動いた。表情は変化せず、まばたきもしない。眩《まぶ》しさという感覚を知らないのかもしれない。

小さな凸《とつ》面鏡のような赤ん坊の瞳に、吐田君の顔が映っていた。彼が見ていたその瞳の中に彼自身がいたのだ。

その奥で虹彩《こうさい》がぎゅっと収縮した。この子は自分を見ている、と、吐田君は気づいた。かつ、この子は目の前の存在に「見られている」ことを気づいているのだ。

そして不思議なことが起きた。

吐田君は、別の視覚を体験した。自分がふかふかの布の中から、誰かの大きな顔を見上げているように感じたのだ。

その大きな顔は、赤ん坊の瞳を覗き込んでいる吐田進の顔だった。

その時、いつか味わったのと同じ感覚がフラッシュ・バックしてきた。世界がそしてこの体までがどんどん巨大化していくあの感覚。

ただし取り残されて小さくなった「自分」は、今回は２ヵ所に存在していた。見下ろしている目と見上げている目、両方の眼球の中を行ったり来たりしていた。

吐田君は赤ん坊の視界の中にいた。赤ん坊の瞳から自分の瞳を見ていた。かと思うと、吐田君は赤ん坊の顔の瞳の中の自分の顔を見ていた。

吐田君は自分の体と赤ん坊の体を何度も往復して、最後はまたすとんと自分の中に収まった。そして、まるでたった今、生まれて初めて目が覚めたような気分になった。今までのことは全て夢であったような。さっきまでと何ら変わっていないはずのこの世界が、とても新しく感じられた。


吐田君の話はそこで終わりではありませんでした。人生って、大団円を迎えてきれいに閉じるものではなく、いつまでも続くものです。物語はむしろそこから始まりました。

グミコさんはすくすく成長し、吐田君も、悩みつつ、いろいろなことを学んでいきます。

今でもひきこもりのニートみたいなものだけれど、吐田君はグミコさんのことは一生懸命やっています。

ただし多くの大人達と同じように、吐田君は自分がもうずいぶん老いていることに気づいていません。多くの親達と同じように、子供が日々大きくなり、もうすぐに離れていってしまうことにも、気づいていないようです。

今だって吐田君にはグミコさん以外に誰もいません。家族も親類も、恋人も友達も、いません。けれど実は彼のことを心配する人はとても多いみたいです。端から見ている人は皆ハラハラしていますけど、なぜか彼のおかげでずいぶん癒されてもいます。僕もそうです。

吐田父子の小説はこれでいったん終わりになりますが、二人の前には、物語ではなく、現実が続いていきます。

もしいつかまた書かせてもらえるとしたら、次はグミコさんが主人公の話になると思います。

渡辺浩弐

初出

「オレンジピラフ」
『パンドラ Vol.2 SIDE-B』(2008年12月刊行・講談社)に掲載されたものに、
加筆・修正を加えたものです。

「サニーサイドアップ」
星海社ウェブサイト『最前線』で2014年4月に掲載されたものに、加筆・修正
を加えたものです。

「カブトムシパン」 書き下ろし

吐《はん》田《だ》家《け》のレシピ

2018年6月25日　第1刷発行

著者　渡辺《わたなべ》浩弐《こうじ》

発行者　藤崎《ふじさき》隆《たかし》・太田《おおた》克史《かつし》
編集担当　太田克史
編集副担当　櫻井《さくらい》理沙《りさ》

発行所　株式会社星海社
〒112-0013 東京都文京区音羽 1-17-14 音羽YKビル 4F
TEL 03(6902)1730　FAX 03(6902)1731
http://www.seikaisha.co.jp/

発売元　株式会社講談社
〒112-8001 東京都文京区音羽 2-12-21
販売 03(5395)5817　業務 03(5395)3615

印刷所　凸版印刷株式会社
製本所　大口製本印刷株式会社

ISBN　978-4-06-512385-0　N.D.C. 913　159p　19cm
Printed in Japan

星海社